風雲時代 風雲時代 風雲時代 風雲時代 風雲時代 風雲時代 風雲時代
雲時代 風雲時代 風雲時代 風雲時代 風雲時代 風雲時代 風雲時代 風雲
風雲時代 風雲時代 風雲時代 風雲時代 風雲時代 風雲時代 風雲時代
雲時代 風雲時代 風雲時代 風雲時代 風雲時代 風雲時代 風雲時代 風雲
風雲時代 風雲時代 風雲時代 風雲時代 風雲時代 風雲時代 風雲時代
雲時代 風雲時代 風雲時代 風雲時代 風雲時代 風雲時代 風雲時代 風雲
風雲時代 風雲時代 風雲時代 風雲時代 風雲時代 風雲時代 風雲時代
雲時代 風雲時代 風雲時代 風雲時代 風雲時代 風雲時代 風雲時代 風雲
風雲時代 風雲時代 風雲時代 風雲時代 風雲時代 風雲時代 風雲時代
雲時代 風雲時代 風雲時代 風雲時代 風雲時代 風雲時代 風雲時代 風雲
風雲時代 風雲時代 風雲時代 風雲時代 風雲時代 風雲時代 風雲時代
雲時代 風雲時代 風雲時代 風雲時代 風雲時代 風雲時代 風雲時代 風雲
風雲時代 風雲時代 風雲時代 風雲時代 風雲時代 風雲時代 風雲時代
雲時代 風雲時代 風雲時代 風雲時代 風雲時代 風雲時代 風雲時代 風雲
風雲時代 風雲時代 風雲時代 風雲時代 風雲時代 風雲時代 風雲時代
雲時代 風雲時代 風雲時代 風雲時代 風雲時代 風雲時代 風雲時代 風雲
風雲時代 風雲時代 風雲時代 風雲時代 風雲時代 風雲時代 風雲時代
雲時代 風雲時代 風雲時代 風雲時代 風雲時代 風雲時代 風雲時代 風雲
風雲時代 風雲時代 風雲時代 風雲時代 風雲時代 風雲時代 風雲時代
雲時代 風雲時代 風雲時代 風雲時代 風雲時代 風雲時代 風雲時代 風雲
風雲時代 風雲時代 風雲時代 風雲時代 風雲時代 風雲時代 風雲時代
雲時代 風雲時代 風雲時代 風雲時代 風雲時代 風雲時代 風雲時代 風雲
風雲時代 風雲時代 風雲時代 風雲時代 風雲時代 風雲時代 風雲時代
雲時代 風雲時代 風雲時代 風雲時代 風雲時代 風雲時代 風雲時代 風雲
風雲時代 風雲時代 風雲時代 風雲時代 風雲時代 風雲時代 風雲時代
雲時代 風雲時代 風雲時代 風雲時代 風雲時代 風雲時代 風雲時代 風雲
風雲時代 風雲時代 風雲時代 風雲時代 風雲時代 風雲時代 風雲時代
雲時代 風雲時代 風雲時代 風雲時代 風雲時代 風雲時代 風雲時代 風雲
風雲時代 風雲時代 風雲時代 風雲時代 風雲時代 風雲時代 風雲時代
雲時代 風雲時代 風雲時代 風雲時代 風雲時代 風雲時代 風雲時代 風雲
風雲時代 風雲時代 風雲時代 風雲時代 風雲時代 風雲時代 風雲時代
雲時代 風雲時代 風雲時代 風雲時代 風雲時代 風雲時代 風雲時代 風雲
風雲時代 風雲時代 風雲時代 風雲時代 風雲時代 風雲時代 風雲時代
雲時代 風雲時代 風雲時代 風雲時代 風雲時代 風雲時代 風雲時代 風雲
風雲時代 風雲時代 風雲時代 風雲時代 風雲時代 風雲時代 風雲時代
雲時代 風雲時代 風雲時代 風雲時代 風雲時代 風雲時代 風雲時代 風雲
風雲時代 風雲時代 風雲時代 風雲時代 風雲時代 風雲時代 風雲時代
雲時代 風雲時代 風雲時代 風雲時代 風雲時代 風雲時代 風雲時代 風雲
風雲時代 風雲時代 風雲時代 風雲時代 風雲時代 風雲時代 風雲時代
雲時代 風雲時代 風雲時代 風雲時代 風雲時代 風雲時代 風雲時代 風雲
風雲時代 風雲時代 風雲時代 風雲時代 風雲時代 風雲時代 風雲時代
雲時代 風雲時代 風雲時代 風雲時代 風雲時代 風雲時代 風雲時代 風雲
風雲時代 風雲時代 風雲時代 風雲時代 風雲時代 風雲時代 風雲時代

魯迅雜文精選 6

三閒集

經典新版

魯迅——著

萬家墨面沒蒿萊，
敢有歌吟動地哀；
心事浩茫連廣宇，
於無聲處聽驚雷。

魯迅

三閒集 目錄

三閒集 目錄

【一九二九年】

出版小引

還原歷史的真貌——讓魯迅作品自己說話

陳曉林

中國自有新文學以來，魯迅當然是引起最多爭議和震撼的作家。但無論是擁護魯迅的人士，或是反對魯迅的人士，至少有一項顯而易見的事實，是受到雙方公認的：魯迅是現代中國最偉大的作家。

時至今日，以魯迅作品為研究題材的論文與專書，早已俯拾皆是，汗牛充棟。全世界以詮釋魯迅的某一作品而獲得博士學位者，也早已不下百餘位之多。而中國大陸靠「核對」或「注解」魯迅作品為生的學界人物，數目上更超過台灣以「研究」孫中山思想為生的人物數倍以上。但遺憾的是，台灣的讀者卻始終無緣全面性地、無偏見地看到魯迅作品的真貌。

事實上，魯迅自始至終是一個文學家、思想家、雜文家，而不是一個翻雲覆雨的政治人物。中國大陸將魯迅捧抬為「時代的舵手」、「青年的導師」，固然是以政治手段扭曲了魯迅作品的真正精神；台灣多年以來視魯迅為「洪水猛獸」、「離經叛道」，不讓魯迅作品堂堂正正出現在讀者眼前，也是割裂歷史真相的笨拙行徑。試想，談現代中國文學，談三十年代作品，而竟獨漏了魯迅這個人和他的著作，豈止是造成半世紀來文學史「斷層」的主因？在明眼人看來，這根本是一個對文學毫無常識的、天大的笑話！

正因為海峽兩岸基於各自的政治目的，對魯迅作品作了各種各樣的扭曲或割裂；而研究魯迅作品的文人學者又常基於個人一己的好惡，而誇張或抹煞魯迅作品的某些特色，以致魯迅竟成為近代中國文壇最離奇的「謎」，及最難解的「結」。

其實，若是擱置激情或偏見，平心細看魯迅的作品，任何人都不難發現：

一、魯迅是一個真誠的人道主義者，他的作品永遠在關懷和呵護受侮辱、受傷害的苦難大眾。

二、魯迅是一個文學才華遠遠超邁同時代水平的作家，就純文學領域而言，他的《吶喊》、《徬徨》、《野草》、《朝花夕拾》，迄今仍是現代中國最夠深度、結構也最為嚴謹的小說與散文；而他所首創的「魯迅體雜文」，冷風熱血，犀利真摯，抒情析理，兼而有之，亦迄今仍無人可以企及。

三、魯迅是最勇於面對時代黑暗與人性黑暗的作家，他對中國民族性的透視，以及對專制勢力的抨擊，沉痛真切，一針見血。

四、魯迅是涉及論戰與爭議最多的作家，他與胡適、徐志摩、梁實秋、陳西瀅等人的筆戰，迄今仍是現代文學史上一樁樁引人深思的公案。

五、魯迅是永不迴避的歷史見證者，他目擊身歷了清末亂局、辛亥革命、軍閥混戰、黃埔北伐，以及國共分裂、清黨悲劇、日本侵華等一連串中國近代史上掀天揭地的鉅變，秉筆直書，言其所信，孤懷獨往，昂然屹立，他自言「橫眉冷對千夫指，俯首甘為孺子牛」，可見他的堅毅與孤獨。

現在，到了還原歷史真貌的時候了。隨著海峽兩岸文化交流的展開，再沒有理由讓魯迅作品長期被掩埋在謊言或禁忌之中了。對魯迅這位現代中國最重要的作家而言，還原歷史真貌最簡單、也最有效的方法，就是讓他的作品自己說話。

不要以任何官方的說詞、拼湊的理論，或學者的「研究」來混淆了原本文氣磅礴、光焰萬丈的魯迅作品；而讓魯迅作品如實呈現在每一個人面前，是魯迅的權利，也是每位讀者的權利。

恩怨俱了，塵埃落定。畢竟，只有真正卓越的文學作品是指向永恆的。

序言

我的第四本雜感《而已集》的出版，算起來已在四年之前了。去年春天，就有朋友催促我編集此後的雜感。看看近幾年的出版界，創作和翻譯，或大題目的長論文，是還不能說它寥落的，但短短的批評，縱意而談，就是所謂「雜感」者，卻確乎很少見。我一時也說不出這所以然的原因。

但粗粗一想，恐怕這「雜感」兩個字，就使志趣高超的作者厭惡，避之惟恐不遠了。有些人們，每當意在奚落我的時候，就往往稱我為「雜感家」，以顯出在高等文人的眼中的鄙視，便是一個證據。還有，我想，有名的作家雖然未必不改換姓名，寫過這一類文字，但或者不過圖報私怨，再提恐或玷其令名，或者別有深心，揭穿反有妨於戰鬥，因此就大抵任其消滅了。

「雜感」之於我，有些人固然看作「死症」，我自己確也因此很吃過一點苦，但編集是還想編集的。只因為翻閱刊物，剪貼成書，也是一件頗覺麻煩的事，因此拖延了大半年，終於沒有動過手。

一月二十八日之夜，上海打起仗來了，越打越凶，終於使我們只好單身出走[1]，書報留在火線下，一任它燒得精光，我也可以靠這「火的洗禮」之靈，洗掉了「不滿於現狀」的「雜感家」[2]這一個惡謚。殊不料三月底重回舊寓，書報卻絲毫也沒有損，於是就東翻西覓，開手編輯起來了，好像大病新癒的人，偏比平時更要照照自己的瘦削的臉，摩摩枯皺的皮膚似的。

我先編集一九二八至二九年的文字，篇數少得很，但除了五六回在北平上海的講演[3]，原就沒有記錄外，別的也彷彿並無散失。我記得起來了，這兩年正是我極少寫稿，沒處投稿的時期。我是在二七年被血嚇得目瞪口呆，離開廣東的[4]，那些吞吞吐吐，沒有膽子直說的話，都載在《而已集》裡。但我到了上海，卻遇見文豪們的筆尖的圍剿了，創造社[5]，太陽社[6]，「正人君子」們的新月社[7]中人，都說我不好，連並不標榜文派的現在多升為作家或教授的先生們，那時的文字裡，也得時常暗暗地奚落我幾句，以表示他們的高明。

我當初還不過是「有閒即是有錢」，「封建餘孽」或「沒落者」，後來竟被判為主張殺青年的棒喝主義者了[8]。這時候，有一個從廣東自云避禍逃來，而寄住在我的寓裡的廖君[9]，也終於忿忿的對我說道：「我的朋友都看不起我，不和我來往了，說我和這樣的人住在一處。」

那時候，我是成了「這樣的人」的。自己編著的《語絲》[10]，實乃無權，不單是有所顧忌（詳見卷末《我和〈語絲〉的始終》），至於別處，則我的文章一向是被「擠」才有的，而目下正在「剿」，我投進去幹什麼呢。所以只寫了很少的一點東西。

現在我將那時所做的文字的錯的和至今還有可取之處的，都收納在這一本裡。至於對手的文字呢，《魯迅論》和《中國文藝論戰》[11]中雖然也有一些，但那都是峨冠博帶的禮堂上的陽面的大文，並不足以窺見全體，我想另外搜集也是「雜感」一流的作品，編成一本，謂之《圍剿集》。如果和我的這一本對比起來，不但可以增加讀者的趣味，也更能明白別一面的，即陰面的戰法的五花八門。這些方法一時恐怕不會失傳，去年的「左翼作家都為了盧布」[12]說，就是老譜裡面的一著。自問和文藝有些關係的青年，仿照固然可以不必，但也不妨知道知道的。

其實呢，我自己省察，無論在小說中，在短評中，並無主張將青年來「殺，殺，殺」[13]的痕跡，也沒有懷著這樣的心思。我一向是相信進化論的，總以為將來必勝於過去，青年必勝於老人，對於青年，我敬重之不暇，往往給我十刀，我只還他一箭。然而後來我明白我倒是錯了。這並非唯物史觀的理論或革命文藝的作品蠱惑我的，我在廣東，就目睹了同是青年，而分成兩大陣營，或則投書告密，或則助官捕人的事實！我的思路因此轟毀，後來便時常用了懷疑的眼光去看青年，不再無條件的敬畏了。然而此後也還為初初上陣的青年們吶喊幾聲，不過也沒有什麼大幫助。

這集子裡所有的，大概是兩年中所作的全部，只有書籍的序引，卻只將覺得還有幾句話可供參考之作，選錄了幾篇。當翻檢書報時，一九二七年所寫而沒有編在《而已集》裡的東西，也忽然發現了一點，我想，大約《夜記》是因為原想另成一書，講演和通信是因為淺薄或不關緊要，所以那時不收在內的。

但現在又將這編在前面，作為《而已集》的補遺了。

我另有了一樣想頭，以為只要看一篇講演和通信中所引的文章，便足可明白那時香港的面目。我去講演，一共兩回，第一天是《老調子已經唱完》[14]，現在尋不到底稿了，第二天便是這《無聲的中國》，粗淺平庸到這地步，而竟至於驚為「邪說」，禁止在報上登載的。是這樣的香港。但現在是這樣的香港幾乎要遍中國了。

我有一件事要感謝創造社的，是他們「擠」我看了幾種科學底文藝論，明白了先前的文學史家們說了一大堆，還是糾纏不清的疑問。並且因此譯了一本蒲力汗諾夫的《藝術論》[15]，以救正我——還因我而及於別人——的只信進化論的偏頗。但是，我將編《中國小說史略》時所集的材料，印為《小說舊聞鈔》，以省青年的檢查之力，而成仿吾以無產階級之名，指為「有閒」，而且「有閒」還至於有三個[16]，卻是至今還不能完全忘卻的。我以為無產階級是不會有這樣鍛鍊周納[17]法的，他們沒有學過「刀筆」[18]。編成而名之曰《三閒集》，尚以射仿吾也。

一九三二年四月二十四日之夜，編訖並記。

【注釋】

1 一二八戰爭時，作者住在臨近戰區的北四川路底，戰事發生後即避居於英租界的內山書店支店，三月十九日遷回原寓。

2 梁實秋在《新月》月刊第二卷第八期（一九二九年十月）發表《「不滿於現狀」便怎樣呢？》一文，其中說：「有一種人，只是一味的『不滿於現狀』，今天說這裡有毛病，明天說那裡有毛病，有數不清的毛病，於是也有無窮盡的雜感，等到有些個人開了藥方，他格外的不滿……好像惟恐一旦現狀令他滿意起來，他就沒有雜感可作的樣子。」

3 作者於一九二七年十月從廣州到上海後，曾先後應邀在一些學校講演。十月二十五日在勞動大學作題為《關於智識階級》的講演，現收入《集外集拾遺補編》。十月二十八日在立達學園作題為《偉人的化石》的講演，講稿未詳。十一月二日在復旦大學作題為《革命文學》的講演，有蕭立記錄稿，發表於一九二八年五月九日上海《新聞報・學海》。十六日在光華大學講演，有洪紹統、郭子雄記錄稿，發表於《光華》週刊第二卷第七期（一九二七年十一月二十八日），由編者加題為《文學與社會》。十七日在大夏大學講演，題目和講稿未詳。十二月二十一日在暨南大學作題為《文藝與政治的歧途》的講演，後收入《集外集》。此後，一九二八年五月十五日在江灣復旦實驗中學作題為《老而不死論》的講演，講稿未詳。十一月十日在大陸大學講演，題目、講稿未詳。一九二九年十二月四日在暨南大學作題為《離騷與反離騷》的講演，有郭博如記錄稿，發表於《暨南校刊》第二十八—三十二期合刊（一九三〇年一月十八日）。一九二九年五月，作者到北平省親，於五月二十二日在燕京大學作題為《現今的新文學的概觀》的講演，後收入本書。五月二十九日在北京大學第二院、六月二日上午在第二師範學院、同日晚間在第一師範學院講演，題目、講稿均未詳。

4 廣州「四一五」事變發生時，作者在中山大學擔任教職，因營救被捕學生無效，忿而辭去一切職務，於九月間離廣州去上海。

5 新文學運動中著名的文學團體，一九二〇年至一九二一年間成立，主要成員有郭沫若、郁達夫、成仿吾等。它初期的文學傾向是浪漫主義，帶有反帝、反封建的色彩。第一次國內革命戰爭期間，郭沫若、成仿吾等先後參加革命實際工作。一九二七年該社宣導無產階級革命文學運動，同時增加了馮乃超、彭康、李初梨等從國外回來的新成員。一九二八年，創造社和另一提倡無產階級文學的太陽社對魯迅的批評和魯迅對他們的反駁，形成了一次以革命文學問題為中心的論爭。一九二九年二月，該社遭封閉。它曾先後編輯出版《創造》（季刊）、《創造週報》、《創造日》、《洪水》、《創造月刊》、《文化批判》等刊物，以及《創造叢書》。

6 一九二七年下半年在上海成立的文學團體，主要成員有蔣光慈、錢杏邨、孟超等。一九二八年一月出版《太陽月刊》，提倡革命文學。一九三〇年中國左翼作家聯盟成立後，該社自行解散。關於太陽社和魯迅在一九二八年的論爭，參看本書〈「醉眼」中的朦朧〉一文注1。

7 新月社是以一些知識分子為核心的文學和政治團體，約於一九二三年在北京成立，主要成員有胡適、徐志摩、陳源、梁實秋、羅隆基等。該社曾以詩社名義於一九二六年夏在北京《晨報副刊》出過《詩刊》（週刊），一九二七年在上海創辦新月書店，一九二八年三月出版綜合性的《新月》月刊。新月社主要成員曾因辦《現代評論》雜誌而又被稱為「現代評論派」。

8 見《文化批判》第二號（一九二八年二月）李初梨的《怎樣地建設革命文學》。該文引用成仿吾說魯迅等是「有閒階級」的話之後說：「我們知道，在現在的資本主義社會，有閒階級，就是有錢階級。」

「沒落者」，見《創造月刊》第一卷第十一期（一九二八年五月）石厚生（成仿吾）的《畢竟是「醉眼陶然」罷了》：「傳聞他（按指魯迅）近來頗購讀社會科學書籍，『但即刻又有一點不小問題』：他是真要做一個社會科學的忠實的學徒嗎？還是只塗抹彩色，粉飾自己的沒落呢？這後一條路是掩耳盜鈴式的行為，是更深更不可救藥的沒落。」「封建餘孽」和棒喝主義者，見《創造月刊》第二卷第一期（一九二八年八月）杜荃（郭沫若）的《文藝戰線上的封建餘孽》：「他是資本主義以前的一個封建餘孽。資本主義對於社會主義是反革命，封建餘孽對於社會主義是二重的反革命。魯迅是二重性的反革命的人物。以前說魯迅是新舊過渡期的游移分子，說他是人道主義者，這是完全錯了。他是一位不得志的Fascist（法西斯諦）！」按法西斯蒂，當時有人譯為棒喝主義。

9 即廖立峨，廣東興寧人。原為廈門大學學生，一九二七年一月隨魯迅轉學中山大學。

10 文藝性週刊，最初由孫伏園等編輯，一九二四年十一月十七日在北京創刊，一九二七年十月被奉系軍閥張作霖查禁，隨後移至上海續刊。一九三〇年三月十日出至第五卷第五十二期停刊。魯迅是它的主要撰稿人和支持者之一，並於該刊在上海出版後一度擔任編輯。

11 《魯迅論》和《中國文藝論戰》均為李何林編輯，上海北新書局分別於一九三〇年三月和一九二九年十月出版。前者收入一九二三年至一九二九年間關於魯迅及其作品的評論文章二十四篇，後者收入一九二八年革命文學運動中各派的論爭文章四十六篇。

12 這是當時反動派對進步作家的批評。如一九三〇年五月十四日上海《民國日報・覺悟》刊載的《解放中國文壇》中說，進步作家「受了赤色帝國主義的收買，受了蘇俄盧布的津貼」；一九三一年二月六日上海小報《金鋼鑽報》刊載的《魯迅加盟左聯的動機》中說，「共產黨最初以每月八十萬盧布，在滬充文藝宣傳費，造成所謂普羅文藝」等等。

13 這是杜荃在《文藝戰線上的封建餘孽》一文中說的話：「殺喲！殺喲！殺喲！殺盡一些可怕的青年！而且趕快！這是這位『老頭子』（按指魯迅）的哲學，於是乎而『老頭子』不死了。」

14 《老調子已經唱完》曾發表於一九二七年三月廣州《國民新聞・新時代》，後由許廣平編入《集外集拾遺》；又據《魯迅日記》，這篇講演作於一九二七年二月十九日，即作者去香港的第二天，第一天的講演是《無聲的中國》。

15 蒲力汗諾夫（Г. В. Плеханов，一八五六－一九一八），通譯普列漢諾夫，俄國早期的馬克思主義理論家，後來成為孟什維克和第二國際的機會主義首領之一。魯迅據日文譯本重譯的《藝術論》，包括〈論藝術〉、〈原始民族的藝術〉、〈再論原始民族的藝術〉、〈論文集《二十年間》第三版序〉等四篇，一九三〇年七月上海光華書局出版，為「科學的藝術論叢書」之一。

16 成仿吾，筆名石厚生，湖南新化人，文學評論家，創造社主要成員。他在《洪水》第三卷第二十五期（一九二七年一月）《完成我們的文學革命》一文中，說「魯迅先生坐在華蓋之下正在抄他的小說舊聞」，是一種「以趣味為中心的文藝」，「後面必有一種以趣味為中心的生活基調」；並說：「這種以趣味為中心的生活基調，它所暗示著的是一種在小天地中自己騙自己的自足，它所矜持著的是閒暇，閒暇，第三個閒暇。」

17 羅織罪名，陷人於法。語出《漢書．路溫舒傳》：「上奏畏卻，則鍛鍊而周內之」。

18 這裡指刀筆吏（訟師）羅織入罪的手法。《創造月刊》第二卷第二期（一九二八年九月）所刊克興的《駁甘人的「拉雜一篇」》中說魯迅「拿出他本來的刀筆，尖酸刻薄的冷誚熱罵」。作者在這裡引用是給以反刺。

一九二七年

無聲的中國[1]

——二月十六日在香港青年會[2]講

以我這樣沒有什麼可聽的無聊的講演，又在這樣大雨的時候，竟還有這許多來聽的諸君，我首先應當聲明我的鄭重的感謝。

我現在所講的題目是：《無聲的中國》。

現在，浙江，陝西，都在打仗[3]，那裡的人民哭著呢還是笑著呢，我們不知道。香港似乎很太平，住在這裡的中國人，舒服呢還是不很舒服呢，別人也不知道。

發表自己的思想，感情給大家知道的是要用文章的，然而拿文章來達意，現在一般的中國人還做不到。這也怪不得我們；因為那文字，先就是我們的祖先留傳給我們的可怕的遺產。人們費了多年的工夫，還是難於運用。因為難，許多人便不理它了，甚至於連自己的姓也寫不清是張還是章，或者簡直不會寫，或者說道：Chang。雖然能說話，而只有幾個人聽到，遠處的人們便不知道，結果也等於無聲。又因為難，有些人便當作寶貝，像玩把戲似的，之乎者也，只有幾個人懂，——其實是不知道可真懂，而大多數的人們卻不懂得，結果也等於無聲。

文明人和野蠻人的分別，其一，是文明人有文字，能夠把他們的思想，感情，藉此傳給大眾，傳給將來。中國雖然有文字，現在卻已經和大家不相干，用的是難懂的古文，講的是陳舊的古意思，所有的聲音，都是過去的，都就是只等於零的。所以，大家不能互相瞭解，正像一大盤散沙。

將文章當作古董，以不能使人認識，使人懂得為好，也許是有趣的事罷。但是，結果怎樣呢？是我們已經不能將我們想說的話說出來。我們受了損害，受了侮辱，總是不能說出些應說的話。拿最近的事情來說，如中日戰爭[4]，拳匪事件，民元革命這些大事件，一直到現在，我們可有一部像樣的著作？民國以來，也還是誰也不作聲。反而在外國，倒常有說起中國的，但那都不是中國人自己的聲音，是別人的聲音。

這不能說話的毛病，在明朝是還沒有這樣厲害的；他們還比較地能夠說些要說的話。待到滿洲人以異族侵入中國，講歷史的，尤其是講宋末的事情的人被殺害了，講時事的自然也被殺害了。所以，到乾隆年間，人民大家便更不敢用文章來說話了[5]。所謂讀書人，便只好躲起來讀經，校刊古書，做些古時的文章，和當時毫無關係的文章。

有些新意，也還是不行的；不是學韓，便是學蘇。韓愈蘇軾[6]他們，用他們自己的文章來說當時要說的話，那當然可以的。我們卻並非唐宋時人，怎麼做和我們毫無關係的時候的文章呢。即使做得像，也是唐宋時代的聲音，韓愈蘇軾的聲音，而不是我們現代的聲音。然而直到現在，中國人卻還要著這樣的舊戲法。人是有的，沒有聲音，寂寞得很。——人會沒有聲音的麼？沒有，可以說，是死了。倘要說得客氣一點，那就是：已經啞了。

要恢復這多年無聲的中國，是不容易的，正如命令一個死掉的人道：「你活過來！」我雖然並不懂得宗教，但我以為正如想出現一個宗教上之所謂「奇蹟」一樣。

首先來嘗試這工作的是「五四運動」前一年，胡適之先生所提倡的「文學革命」[7]。「革命」這兩個字，在這裡不知道可害怕，有些地方是一聽到就害怕的。但這和文學兩字連起來的「革命」，卻沒有法國革命[8]的「革命」那麼可怕，不過是革新，改換一個字，就很平和了，我們就稱為「文學革新」罷，中國文字上，這樣的花樣是很多的。那大意也並不可怕，不過說：我們不必再去費盡心機，學說古代的死人的話，要說現代的活人的話；不要將文章看作古董，要做容易懂得的白話的文章。

然而，單是文學革新是不夠的，因為腐敗思想，能用古文做，也能用白話做。所以後來就有人提倡思想革新。思想革新的結果，是發生社會革新運動。這運動一發生，自然一面就發生反動，於是便釀成戰鬥……。

但是，在中國，剛剛提起文學革新，就有反動了。不過白話文卻漸漸風行起來，不大受阻礙。這是怎麼一回事呢？就因為當時又有錢玄同先生提倡廢止漢字，用羅馬字母來替代[9]。這本也不過是一種文字革新，很平常的，但被不喜歡改革的中國人聽見，就大不得了了，於是便放過了比較的平和的文學革命，而竭力來罵錢玄同。白話乘了這一個機會，居然減去了許多敵人，反而沒有阻礙，能夠流行了。

中國人的性情是總喜歡調和，折中的。譬如你說，這屋子太暗，須在這裡開一個窗，大家一定不允許的。但如果你主張拆掉屋頂，他們就會來調和，願意開窗了。沒有更激烈的主張，他們總連平和的改革也不肯行。那時白話文之得以通行，就因為有廢掉中國字而用羅馬字母的議論的緣故。

其實，文言和白話的優劣的討論，本該早已過去了，但中國是總不肯早早解決的，到現在還有許多無謂的議論。例如，有的說：古文各省人都能懂，白話就各處不同，反而不能互相瞭解了。殊不知這只要教育普及和交通發達就好，那時就人人都能懂較為易解的白話文；至於古文，何嘗各省人都能懂，便是一省裡，也沒有許多人懂得的。

有的說：如果都用白話文，人們便不能看古書，中國的文化就滅亡了。其實呢，現在的人們大可以不必看古書，即使古書裡真有好東西，也可以用白話來譯出的，用不著那麼心驚膽戰。他們又有人說，外國尚且譯中國書，足見其好，我們自己倒不看麼？殊不知埃及的古書，外國人也譯，非洲黑人的神話，外國人也譯，他們別有用意，即使譯出，也算不了怎樣光榮的事的。

近來還有一種說法，是思想革新緊要，文字改革倒在其次，所以不如用淺顯的文言來作新思想的文章，可以少招一重反對。這話似乎也有理。然而我們知道，連他長指甲都不肯剪去的人，是絕不肯剪去他的辮子的。

因為我們說著古代的話，說著大家不明白，不聽見的話，已經弄得像一盤散沙，痛癢不相關了。我們要活過來，首先就須由青年們不再說孔子孟子和韓愈柳宗元[10]們的話。時代不同，情形也兩樣，孔子時代的香港不這樣，孔子口調的「香港論」是無從做起的，「吁嗟闊哉香港也」，不過是笑話。

我們要說現代的，自己的話；用活著的白話，將自己的思想，感情直白地說出來。但是，這也要受前輩先生非笑的。他們說白話文卑鄙，沒有價值；他們說年輕人作品幼稚，貽笑大方。我們中國能做文言的有多少呢，其餘的都只能說白話，難道這許多中國人，就都是卑鄙，沒有價值的麼？至於幼稚，尤其沒有什麼可羞，正如孩子對於老人，毫沒有什麼可羞一樣。幼稚是會生長，會成熟的，只不要衰老，腐敗，就好。倘說待到純熟了才可以動手，那是雖是村婦也不至於這樣蠢。她的孩子學走路，即使跌倒了，她絕不至於叫孩子從此躺在床上，待到學會了走法再下地面來的。

青年們先可以將中國變成一個有聲的中國。大膽地說話，勇敢地進行，忘掉了一切利害，推開了古人，將自己的真心的話發表出來。——真，自然是不容易的。譬如態度，就不容易真，講演時候就不是我的真態度，因為我對朋友，孩子說話時候的態度是不這樣的。——但總可以說些較真的話，發些較真的聲音。只有真的聲音，才能感動中國的人和世界的人；必須有了真的聲音，才能和世界的人同在世界上生活。

我們試想現在沒有聲音的民族是那幾種民族。我們可聽到埃及人的聲音？可聽到安南，朝鮮的聲音？印度除了泰戈爾[11]，別的聲音可還有？

我們此後實在只有兩條路：一是抱著古文而死掉，一是捨掉古文而生存。

【注釋】

1 本篇最初刊於香港報紙（報紙名稱及日期未詳），一九二七年三月二十三日漢口《中央日報》副刊轉載。據《魯迅日記》，這篇講演作於二月十八日。

2 即基督教青年會，基督教進行社會文化活動的機構之一。

3 這裡說的浙江陝西在打仗，指一九二六年末至一九二七年初北洋軍閥孫傳芳在浙江進攻與廣州國民政府有聯繫的陳儀、周鳳歧等部，和一九二六年十二月馮玉祥所部國民軍在陝西反對北洋軍閥吳佩孚的戰爭。

4 指一八九四年（甲午）日本軍國主義侵略中國而引起的戰爭。
拳匪事件，指一九〇〇年義和團反對帝國主義侵略的鬥爭。
民元革命，即一九一一年（辛亥）孫中山領導的推翻清王朝、建立民國的民主革命。

5 指清初統治者多次施於漢族的文字獄，其中較著名的有康熙年間的「莊廷鑨之獄」、「戴名世之獄」，雍正年間的「呂留良、曾靜之獄」，乾隆年間的「胡中藻之獄」等。這些文字獄的起因，都是由於他們在著作中記載了漢族人民在歷史上（特別是宋末和明末）反抗民族壓迫的事實，或涉及了當時一些政治事件，因而遭到迫害和屠殺。

6 韓愈（七六八－八二四），字退之，河陽（今河南孟縣）人，唐代文學家，著有《韓昌黎集》。
蘇軾（一〇三七－一一〇一），字子瞻，號東坡居士，眉山（今屬四川）人，宋代文學家，著有《東坡全集》等。

7 胡適（一八九一－一九六二），字適之，安徽績溪人。他在「五四」時期是新文化運動右翼的代表人物。這裡所說他提倡「文學革命」，是指他在《新青年》雜誌第四卷第四號（一九一八年四月）上發表的《建設的文學革命論》一文。

8 指一七八九年至一七九四年的法國資產階級革命。這次革命摧毀了法國封建專制制度，促進了法國資本主義的發展，並推動了歐洲各國的革命。

9 錢玄同（一八八七－一九三九），浙江吳興人，文字學家，「五四」時期新文化運動的積極參加者。他在一九一八年一月《新青年》第四卷第一號《論注音字母》一文中說過，「高等字典和中學以上的高深書籍，都應該用羅馬字母記音」；在同年四月《新青年》第四卷第四號《中國今後之文字問題》的「通信」中，提出「廢滅漢文」，代以世界語的主張。

10 孔子（公元前五五一－前四七九），名丘，字仲尼，春秋末期魯國陬邑（今山東曲阜）人，儒家學派創始人。他的主要言行記載在《論語》一書中。孟子（約前三七二－前二八九），名軻，字子輿，戰國中期鄒（今山東鄒縣）人，繼孔丘之後儒家的代表人物。他的重要言行記載在《孟子》一書中。柳宗元（七七三－八一九），字子厚，河東（今山西運城）人，唐代文學家，著有《柳河東集》等。

11 泰戈爾（R.Tagore，一八六一－一九四一），印度詩人。著有詩集《新月集》、《飛鳥集》和長篇小說《沉船》等。

怎麼寫[1]

——夜記之一

寫什麼是一個問題，怎麼寫又是一個問題。

今年不大寫東西，而寫給《莽原》[2]的尤其少。我自己明白這原因。說起來是極可笑的，就因為它紙張好。有時有一點雜感，仔細一看，覺得沒有什麼大意思，不要去填黑了那麼潔白的紙張，便廢然而止了。好的又沒有。我的頭裡是如此地荒蕪，淺陋，空虛。

可談的問題自然多得很，自宇宙以至社會國家，高超的還有文明，文藝。

古來許多人談過了，將來要談的人也將無窮無盡。但我都不會談。記得還是去年躲在廈門島上的時候，因為太討人厭了，終於得到「敬鬼神而遠之」式的待遇，被供在圖書館樓上的一間屋子裡。白天還有館員，釘書匠，閱書的學生，夜九時後，一切星散，一所很大的洋樓裡，除我以外，沒有別人。

我沉靜下去了。寂靜濃到如酒，令人微醺。望後窗外骨立的亂山中許多白點，是叢塚；一粒深黃色火，是南普陀寺的琉璃燈。前面則海天微茫，黑絮一般的夜色簡直似乎要撲到心坎裡。我靠了石欄遠眺，聽得自己的心音，四遠還彷彿有無量悲哀，苦惱，零落，死滅，都雜入這寂靜中，使它變成藥酒，加色，加味，加香。這時，我曾經想要寫，但是不能寫，無從寫。這也就是我所謂「當我沉默著的時候，我覺得充實，我將開口，同時感到空虛」[3]。

莫非這就是一點「世界苦惱」[4]麼？我有時想。然而大約又不是的，這不過是淡淡的哀愁，中間還帶些愉快。我想接近它，但我愈想，它卻愈渺茫了，幾乎就要發現僅只我獨自倚著石欄，此外一無所有。必須待到我忘了努力，才又感到淡淡的哀愁。

那結果卻大抵不很高明。腿上鋼針似的一刺，我便不假思索地用手掌向痛處直拍下去，同時只知道蚊子在咬我。什麼哀愁，什麼夜色，都飛到九霄雲外去了，連靠過的石欄也不再放在心裡。而且這還是現在的話，那時呢，回想起來，是連不將石欄放在心裡的事也沒有想到的。仍是不假思索地走進房裡去，坐在一把唯一的半躺椅——躺不直的籐椅子——上，撫摩著蚊喙的傷，直到它由痛轉癢，漸漸腫成一個小疙瘩。我也就從撫摩轉成搔，掐，直到它由癢轉痛，比較地能夠打熬。

此後的結果就更不高明了，往往是坐在電燈下吃柚子。

雖然不過是蚊子的一叮，總是本身上的事來得切實。能不寫自然更快活，倘非寫不可，我想，也只能寫一些這類小事情，而還萬不能寫得正如那一天所身受的顯明深切。而況千叮萬叮，而況一刀一槍，那是寫不出來的。

尼采愛看血寫的書[5]。但我想，血寫的文章，怕未必有罷。文章總是墨寫的，血寫的倒不過是血跡。它比文章自然更驚心動魄，更直截分明，然而容易變色，容易消磨。這一點，就要任憑文學逞能，恰如塚中的白骨，往古來今，總要以它的永久來傲視少女頰上的輕紅似的。

能不寫自然更快活，倘非寫不可，我想，就是隨便寫寫罷，橫豎也只能如此。這些都應該和時光一同消逝，假使會比血跡永遠鮮活，也只足證明文人是僥倖者，是乖角兒。但真的血寫的書，當然不在此例。

當我這樣想的時候，便覺得「寫什麼」倒也不成什麼問題了。

「怎樣寫」的問題，我是一向未曾想到的。初知道世界上有著這麼一個問題，還不過兩星期之前。那時偶然上街，偶然走進丁卜書店去，偶然看見一疊《這樣做》[6]，便買取了一本。這是一種期刊，封面上畫著一個騎馬的少年兵士。我一向有一種偏見，凡書面上畫著這樣的兵士和手捏鐵鋤的農工的刊物，是不大去涉略的，因為我總疑心它是宣傳品。發抒自己的意見，結果弄成帶些宣傳氣味了的伊孛生[7]等輩的作品，我看了倒並不發煩。但對於先有了「宣傳」兩個大字的題目，然後發出議論來的文藝作品，卻總有些格格不入，那不能直吞下去的模樣，就和雒誦[8]教訓文學的時候相同。

但這《這樣做》卻又有些特別，因為我還記得日報上曾經說過，是和我有關係的。也是凡事切己，則格外關心的一例罷，我便再不怕書面上的騎馬的英雄，將它買來了。回來後一檢查剪存的舊報，還在的，日子是三月七日，可惜沒有注明報紙的名目，但不是《民國日報》，便是《國民新聞》[9]，因為我那時所看的只有這兩種。下面抄一點報上的話：

「自魯迅先生南來後，一掃廣州文學之寂寞，先後創辦者有《做什麼》，《這樣做》兩刊物。聞《這樣做》為革命文學社定期出版物之一，內容注重革命文藝及本黨主義之宣傳。……」

開首的兩句話有些含混，說我都與聞其事的也可以，說因我「南來」了而別人創辦的也通。但我是全不知情。當初將日報剪存，大概是想調查一下的，後來卻又忘卻，擱下了。現在還記得《做什麼》[10]出版後，曾經送給我五本。我覺得這團體是共產青年主持的，因為其中有「堅如」，「三石」等署名，該是畢磊[11]，通信處也是他。他還曾將十來本《少年先鋒》[12]送給我，而這刊物裡面則分明是共產青年所作的東西。果然，畢磊君大約確是共產黨，於四月十八日從中山大學被捕。據我的推測，他一定早已不在這世上了，這看去很是瘦小精幹的湖南的青年。

《這樣做》卻在兩星期以前才見面，已經出到七八期合冊了。第六期沒有，或者說被禁止，或者說未刊，莫衷一是，我便買了一本七八合冊和第五期。看日報的記事便知道，這該是和《做什麼》反對，或對立的。我拿回來，倒看上去，通訊欄裡就這樣說：「在一般ＣＰ[13]氣焰盛張之時，……而你們一覺悟起來，馬上退出ＣＰ，不只是光退出便了事，尤其值得ＣＰ氣死的，就是破天荒的接二連三的退出共產黨登報聲明。……」那麼，確是如此了。

這裡又即刻出了一個問題。為什麼這麼大相反對的兩種刊物，都因我「南來」而「先後創辦」呢？這在我自己，是容易解答的：因為我新來而且灰色。但要講起來，怕又有些話長，現在姑且保留，待有相當的機會時再說罷。

這回且說我看《這樣做》。看過通訊，懶得倒翻上去了，於是看目錄。忽而看見一個題目道：《郁達夫[14]先生休矣》，便又起了好奇心，立刻看文章。這還是切己的瑣事總比世界的哀愁關心的老例，達夫先生是我所認識的，怎麼要他「休矣」了呢？急於要知道。假使說的是張龍趙虎，或是我素昧平生的偉人，老實說罷，我絕不會如此留心。

原來是達夫先生在《洪水》[15]上有一篇《在方向轉換的途中》，說這一次的革命是階級鬥爭的理論的實現，而記者則以為是民族革命的理論的實現。大約還有英雄主義不適宜於今日等類的話罷，所以便被認為「中傷」和「挑撥離間」，非「休矣」不可了。

我在電燈下回想，達夫先生我見過好幾面，談過好幾回，只覺他穩健和平，不至於得罪於人，更何況得罪於國。怎麼一下子就這麼流於「偏激」了？我倒要看看《洪水》。

這期刊，聽說在廣西是被禁止的了，廣東倒還有。我得到的是第三卷第二十九至三十二期。照例的壞脾氣，從三十二期倒看上去，不久便翻到第一篇《日記文學》，也是達夫先生做的，於是便不再去尋《在方向轉換的途中》，變成看談文學了。我這種模模糊糊的看法，自己也明知道是不對的，但「怎麼寫」的問題，卻就出在那裡面。

作者的意思，大略是說凡文學家的作品，多少總帶點自敘傳的色彩的，若以第三人稱來寫出，則時常有誤成第一人稱的地方。而且敘述這第三人稱的主人公的心理狀態過於詳細時，讀者會疑心這別人的心思，作者何以會曉得得這樣精細？於是那一種幻滅之感，就使文學的真實性消失了。所以散文作品中最便當的體裁，是日記體，其次是書簡體。

這誠然也值得討論的。但我想，體裁似乎不關重要。上文的第一缺點，是讀者的粗心。但只要知道作品大抵是作者借別人以敘自己，或以自己推測別人的東西，便不至於感到幻滅，即使有時不合事實，然而還是真實。其真實，正與用第三人稱時或誤用第一人稱時毫無不同。倘有讀者只執滯於體裁，只求沒有破綻，那就以看新聞記事為宜，對於文藝，活該幻滅。而其幻滅也不足惜，因為這不是真的幻滅，正如查不出大觀園的遺跡，而不滿於《紅樓夢》[16]者相同。倘作者如此犧牲了抒寫的自由，即使極小部分，也無異於削足適履的。

第二種缺陷，在中國也已經是頗古的問題。紀曉嵐攻擊蒲留仙的《聊齋志異》[17]，就在這一點。兩人密語，決不肯泄，又不為第三人所聞，作者何從知之？所以他的《閱微草堂筆記》，竭力只寫事狀，而避去心思和密語。但有時又落了自設的陷阱，於是只得以《春秋左氏傳》的「渾良夫夢中之噪」來解嘲[18]。他的支絀的原因，是在要使讀者信一切所寫為事實，靠事實來取得真實性，所以一與事實相左，那真實性也隨即滅亡。如果他先意識到這一切是創作，即是他個人的造作，便自然沒有一切掛礙了。

一般的幻滅的悲哀，我以為不在假，而在以假為真。記得年幼時，很喜歡看變戲法，猢猻騎羊，石子變白鴿，最末是將一個孩子刺死，蓋上被單，一個江北口音的人向觀眾裝出撒錢模樣道：Huazaa！Huazaa！[19]大概是誰都知道，孩子並沒有死，噴出來的是裝在刀柄裡的蘇木汁[20]，**Huazaa** 一夠，他便會跳起來的。但還是出神地看著，明明意識著這是戲法，而全心沉浸在這戲法中。萬一變戲法的定要做得真實，買了小棺材，裝進孩子去，哭著抬走，倒反索然無味了。這時候，連戲法的真實也消失了。

我寧看《紅樓夢》，卻不願看新出的《林黛玉日記》[21]，它一頁能夠使我不舒服小半天。《板橋家書》[22]我也不喜歡看，不如讀他的《道情》。我所不喜歡的是他題了家書兩個字。那麼，為什麼刻了出來給許多人看的呢？不免有些裝腔。幻滅之來，多不在假中見真，而在真中見假。日記體，書簡體，寫起來也許便當得多罷，但也極容易起幻滅之感；而一起則大抵很厲害，因為它起先模樣裝得真。

《越縵堂日記》[23]近來已極風行了，我看了卻總覺得他每次要留給我一點很不舒服的東西。為什麼呢？一是抄上諭。大概是受了何焯[24]的故事的影響的，他提防有一天要蒙「御覽」。二是許多墨塗。寫了尚且塗去，該有許多不寫的罷？三是早給人家看，抄，自以為一部著作了。我覺得從中看不見李慈銘的心，卻時時看到一些做作，彷彿受了欺騙。翻翻一部小說，雖是很荒唐，淺陋，不合理，倒從來不起這樣的感覺的。

聽說後來胡適之先生也在做日記，並且給人傳觀了。照文學進化的理論講起來，一定該好得多。我希望他提前陸續的印出。

但我想，散文的體裁，其實是大可以隨便的，有破綻也不妨。做作的寫信和日記，恐怕也還不免有破綻，而一有破綻，便破滅到不可收拾了。與其防破綻，不如忘破綻。

【注釋】

1 本篇最初發表於一九二七年十月十日北京《莽原》半月刊第十八、十九期合刊。

2 文藝刊物，一九二五年四月二十四日在北京創刊，初為週刊，附《京報》發行，魯迅編輯。一九二六年一月改為半月刊，由未名社出版發行。同年八月魯迅離開北京後，由韋素園編輯，出至一九二七年十二月停刊。

3 這幾句是作者在《野草・題辭》中所説的話。

4 「世界苦惱」（Weltschmerz）原為奧地利詩人萊瑙（N.Lenau，一八〇二—一八五〇）的話，意思説人們生活在世上是苦惱的；後來有一些資產階級文藝家引用它來解釋文藝創作，認為創作起因於這種苦惱的感覺。

5 尼采（F.Nietzsche，一八四四—一九〇〇），德國哲學家，唯意志論和超人哲學的鼓吹者。他

在《扎拉圖斯特拉如是說．讀與寫》中說：「在一切著作中，吾所愛者，惟用血寫之著作。」（據蕭贛譯文，商務印書館出版）

6 旬刊，一九二七年三月二十七日在廣州創刊，孔聖裔主編，「革命文學社」編輯發行。

7 伊孛生（H.J.Ibsen，一八二八－一九〇六），通譯易卜生，挪威劇作家。他的作品對資產階級社會的虛偽、庸俗作了猛烈的批判，提出了婚姻、家庭和社會的改革問題。劇本有《玩偶之家》、《國民公敵》等。

8 一作洛誦，語見《莊子．大宗師》，反覆誦讀的意思。

9 一九二三年國民黨在廣州創辦的報紙，一九三七年改名為《中山日報》。《國民新聞》，一九二五年國民黨人在廣州創辦的報紙，初期宣傳革命，「四．一二」政變後被國民黨反動派控制，成為反革命宣傳的喉舌。

10 週刊，中國共產黨廣東區委學生運動委員會的機關刊物，一九二七年二月七日創刊，畢磊主編，廣州國光書店發行。

11 畢磊（一九〇二－一九二七），筆名堅如、三石，湖南長沙人。當時為中山大學英文系學生，曾任中共廣東區委學生運動委員會副書記，在廣州「四．一五」事件中被捕處死。

12 旬刊，中國共產主義青年團廣東區委員會機關刊物，一九二六年九月一日創刊；李偉森等先後主編，廣州國光書店發行。

13 英語 Communist Party 的縮寫，即共產黨。

14 郁達夫（一八九六－一九四五），浙江富陽人，作家，創造社主要成員之一。他在《洪水》第三卷第二十九期（一九二七年四月）發表《在方向轉換的途中》，認為第一次國內革命戰爭是「中國全民眾的要求解放運動」，「是馬克斯的階級鬥爭理論的實現」，而「足以破壞我們目下革命運動的最大危險」是「封建時代的英雄主義」。並說：

「光憑一兩個英雄，來指使民眾，利用民眾，是萬萬辦不到的事情。真正識時務的革命領導者，應該一步不離開民眾，以民眾的利害為利害，以民眾的敵人為敵人，萬事要聽民眾的指揮，要服從民眾的命令才行。若有一二位英雄，以為這是迂闊之談，那麼你們且看著，且看你們個人獨裁的高壓政策，能夠持續幾何時。」

《這樣做》第七、八期合刊（一九二七年六月）就發表了孔聖裔的《郁達夫先生休矣》一文，對郁進行攻擊說：「郁達夫先生！你現在做了共產黨的工具，還是想跑去武漢方面升官發財，特使來托托共產黨的大腳？」

15 創造社刊物，一九二四年八月二十日創辦於上海，初為週刊，僅出一期；一九二五年九月改出半月刊，一九二七年十二月停刊。

16 長篇小說，清代曹雪芹著。通行本為一百二十回，後四十回一般認為是高鶚續作。大觀園是書中人物活動的場所。

17 紀昀（一七二四－一八〇五）名昀，字曉嵐，直隸獻縣（今屬河北）人，清代文學家。著有筆記小說《閱微草堂筆記》（包括《灤陽消夏錄》、《如是我聞》、《槐西雜誌》、《姑妄聽之》、《灤陽續錄》五種）。他的門人盛時彥在《姑妄聽之》的《跋》中，記有他攻擊《聊齋志異》的話：「先生（按指紀昀）嘗曰，『《聊齋志異》，盛行一時，然才子之筆，非著書者之筆也……小說既述見聞，即屬敘事，不比戲場關目，隨意裝點，……今燕昵之詞，媟狎之態，細微曲折，摹繪如生，使出自言，似無此理；使出作者代言，則何從而聞見之，又所未解也。』」蒲留仙（一六四〇－一七一五），名松齡，字留仙，山東淄川（今淄博）人，清代小說家。《聊齋志異》是他的一部短篇小說集。

18 紀曉嵐在《閱微草堂筆記．槐西雜誌》中，記了旁人所談的一個讀書人受鬼奚落的故事，末段是：「余曰：『此先生玩世之寓言耳。此語既未親聞，又旁無聞者，豈此士人為鬼揶揄，尚肯自述耶？』先生掀髯曰：『鉏麑槐下之辭，渾良夫夢中之譟，誰聞之歟！』」

「渾良夫夢中之噪」，見《春秋左氏傳》哀公十七年：「（秋，七月）衛侯夢於北宮，見人登昆吾之觀，被長髮北面而噪曰：『登此昆吾之虛，綿綿生之瓜。余為渾良夫，叫天無辜！』」按渾良夫原係衛臣，這年春天被衛太子所殺，所以書中說衛侯在夢中見他披髮大叫。《春秋左氏傳》，是一部用史實解釋《春秋》的書，相傳為春秋時魯國人左丘明撰。

19 用拉丁字母拼寫的象聲詞，譯音似「嘩嚓」，形容撒錢的聲音。

20 蘇木是常綠小喬木，心材稱「蘇方」。蘇木汁即用「蘇方」製成的紅色溶液，可作染料。

21 一部假託《紅樓夢》中人物林黛玉口吻的日記體小說，喻血輪作，內容庸俗拙劣，一九一八年上海廣文書局出版。

22 清代鄭燮作。鄭燮（一六九三—一七六五），字克柔，號板橋，江蘇興化人，文學家、書畫家。他的《家書》收書信十封。另有《道情》，收《老漁翁》等十首。道情，原係道士唱的歌曲，後來演變為一種民間曲調。

23 清代李慈銘著，一九二〇年商務印書館曾經影印出版。

24 何焯（一六六一—一七二二），字屺瞻，江蘇長洲（今吳縣）人，清代校勘家。康熙時官至編修，因事入獄，所藏書籍（包括他自己的著作）都被沒收。康熙帝對這些書曾親作檢查，因未發現罪證，准予免罪並發還藏書。

在鐘樓上[1]

——夜記之二

也還是我在廈門的時候，柏生[2]從廣州來，告訴我說，愛而[3]君也在那裡了。大概是來尋求新的生命的罷，曾經寫了一封長信給K委員[4]，說明自己的過去和將來的志望。

「你知道有一個叫愛而的麼？他寫了一封長信給我，我沒有看完。其實，這種文學家的樣子，寫長信，就是反革命的！」有一天，K委員對柏生說。

又有一天，柏生又告訴了愛而，愛而跳起來道：

「怎麼？……怎麼說我是反革命的呢?!」

廈門還正是和暖的深秋，野石榴開在山中，黃的花——不知道叫什麼名字——開在樓下。我在用花崗石牆包圍著的樓屋裡聽到這小小的故事，K委員的眉頭打結的正經的臉，愛而的活潑中帶著沉悶的年輕的臉，便一齊在眼前出現，又彷彿如見當K委員的眉頭打結的面前，愛而跳了起來，——我不禁從窗隙間望著遠天失笑了。

但同時也記起了蘇俄曾經有名的詩人，《十二個》的作者勃洛克[5]的話來：

「共產黨不妨礙做詩，但於覺得自己是大作家的事卻有妨礙。大作家者，是感覺自己一切創作的核心，在自己裡面保持著規律的。」

共產黨和詩，革命和長信，真有這樣地不相容麼？我想。

以上是那時的我想。這時我又想，在這裡有插入幾句聲明的必要：

我不過說是變革和文藝之不相容，並非在暗示那時的廣州政府是共產政府或委員是共產黨。這些事我一點不知道。只有若干已經「正法」的人們，至今不聽見有人鳴冤或冤鬼訴苦，想來一定是真的共產黨罷。至於有一些，則一時雖然從一方面得了這樣的諡號，但後來兩方相見，杯酒言歡，就明白先前都是誤解，其實是本來可以合作的。

必要已畢，於是放心回到本題。卻說愛而君不久也給了我一封信，通知我已經有了工作了。信不甚長，大約還有被冤為「反革命」的餘痛罷。但又發出牢騷來：一，給他坐在飯鍋旁邊，無聊得很；二，有一回正在按風琴，一個漠不相識的女郎來送給他一包點心，就弄得他神經過敏，以為北方女子太死板而南方女子太活潑，不禁「感慨繫之矣」[6]了。

關於第一點，我在秋蚊圍攻中所寫的回信中置之不答。夫面前無飯鍋而覺得無聊，覺得苦痛，人之常情也，現在已見飯鍋，還要無聊，則明明是發了革命熱。老實說，遠地方在革命，不相識的人們在革命，我是的確有點高興聽的，然而——沒有法子，索性老實說罷，——如果我的身邊革起命來，或者我所熟識的人去革命，我就沒有這麼高興聽。

有人說我應該拚命去革命，我自然不敢不以為然，但如叫我靜靜地坐下，調給我一杯罐頭牛奶喝，我往往更感激。但是，倘說，你就死心塌地地從飯鍋裡裝飯吃罷，那是不像樣的；然而叫他離開飯鍋去拚命，卻又說不出口，因為愛而是我的極熟的熟人。於是只好襲用仙傳的古法，裝聾作啞，置之不問不聞之列。只對於第二點加以猛烈的教誡，大致是說他「死板」和「活潑」既然都不贊成，即等於主張女性應該不死不活，那是萬分不對的。

約略一個多月之後，我抱著和愛而一類的夢，到了廣州，在飯鍋旁邊坐下時，他早已不在那裡了，也許竟並沒有接到我的信。

我住的是中山大學中最中央而最高的處所，通稱「大鐘樓」。一月之後，聽得一個戴瓜皮小帽的秘書說，才知道這是最優待的住所，非「主任」之流是不准住的。但後來我一搬出，又聽說就給一位辦事員住進去了，莫名其妙。不過當我住在那裡的時候，總還是非主任之流即不准住的地方，所以直到知道辦事員搬進去了的那一天為止，我總是常常又感激，又慚愧。

然而這優待室卻並非容易居住的所在，至少的缺點，是不很能夠睡覺的。一到夜間，便有十多匹——也許二十來匹罷，我不能知道確數——老鼠出現，馳騁文壇，什麼都不管。只要可吃的，它就吃，並且能開盒子蓋，廣州中山大學裡非主任之流即不准住的樓上的老鼠，彷彿也特別聰明似的，我在別地方未曾遇到過。到清晨呢，就有「工友」們大聲唱歌，——我所不懂的歌。

白天來訪的本省的青年，卻大抵懷著非常的好意的。有幾個熱心於改革的，還希望我對於廣州的缺點加以激烈的攻擊。這熱誠很使我感動，但我終於說是還未熟悉本地的情形，而且已經革命，覺得無甚可以攻擊之處，輕輕地推卻了。那當然要使他們很失望的。過了幾天，尸一7君就在《新時代》上說：

「……我們中幾個很不以他這句話為然，我們以為我們還有許多可罵的地方，我們正想罵罵自己，難道魯迅先生竟看不出我們的缺點麼？……」

其實呢，我的話一半是真的。我何嘗不想瞭解廣州，批評廣州呢，無奈慨自被供在大鐘樓上以來，工友以我為教授，學生以我為先生，廣州人以我為「外江佬」，孤子特立，無從考查。而最大的阻礙則是言語。直到我離開廣州的時候止，我所知道的言語，除一二三四……等數目外，只有一句凡有「外江佬」幾乎無不因為特別而記住的 Hanbaran（統統）和一句凡有學習異地言語者幾乎無不最容易學得而記住的罵人話 Tiu-na-ma 而已。

這兩句有時也有用。那是我已經搬在白雲路寓屋裡的時候了，有一天，巡警捉住了一個竊取電燈的偷兒，那管屋的陳公便跟著一面罵，一面打。罵了一大套，而我從中只聽懂了這兩句。然而似乎已經全懂得，心裡想：「他所說的，大約是因為屋外的電燈幾乎 Hanbaran 被他偷去，所以要 Tiu-na-ma 了。」於是就彷彿解決了一件大問題似的，即刻安心歸坐，自去再編我的《唐宋傳奇集》。

但究竟不知道是否真如此。私自推測是無妨的，倘若據以論廣州，卻未免太魯莽罷。

但雖只這兩句，我卻發見了吾師太炎先生[8]的錯處了。記得先生在日本給我們講文字學時，曾說《山海經》上「其州在尾上」的「州」是女性生殖器。這古語至今還留存在廣東，讀若 Tiu。故 Tiuhei 二字，當寫作「州戲」，名詞在前，動詞在後的。我不記得他後來可曾將此說記在《新方言》裡，但由今觀之，則「州」乃動詞，非名詞也。

至於我說無甚可以攻擊之處的話，那可的確是虛言。其實是，那時我於廣州無愛憎，因而也就無欣戚，無褒貶。我抱著夢幻而來，一遇實際，便被從夢境放逐了，不過剩下些索漠。我覺得廣州究竟是中國的一部分，雖然奇異的花果，特別的語言，可以淆亂遊子的耳目，但實際是和我所走過的別處都差不多的。

倘說中國是一幅畫出的不類人間的圖，則各省的圖樣實無不同，差異的只在所用的顏色。黃河以北的幾省，是黃色和灰色畫的，江浙是淡墨和淡綠，廈門是淡紅和灰色，廣州是深綠和深紅。我那時覺得似乎其實未曾遊行，所以也沒有特別的罵詈之辭，要專一傾注在素馨和香蕉上。——但這也許是後來的回憶的感覺，那時其實是還沒有如此分明的。

到後來，卻有些改變了，往往斗膽說幾句壞話。然而有什麼用呢？在一處演講時，我說廣州的人民並無力量，所以這裡可以做「革命的策源地」，也可以做反革命的策源地……當譯成廣東話時，我覺得這幾句話似乎被刪掉了。給一處做文章[9]時，我說青天白日旗插遠去，信徒一定加多。但有如大乘佛教[10]一般，待到居士[11]也算佛子的時候，往往戒律蕩然，不知道是佛教的弘通，還是佛教的敗壞？……然而終於沒有印出，不知所往了……。

廣東的花果，在「外江佬」的眼裡，自然依然是奇特的。我所最愛吃的是「楊桃」，滑而脆，酸而甜，做成罐頭的，完全失卻了本味。汕頭的一種較大，卻是「三廉」[12]，不中吃了。我常常宣傳楊桃的功德，吃的人大抵贊同，這是我這一年中最卓著的成績。

在鐘樓上的第二月，即戴了「教務主任」的紙冠[13]的時候，是忙碌的時期。學校大事，蓋無過於補考與開課也，與別的一切學校同。於是點頭開會，排時間表，發通知書，秘藏題目，分配卷子，……於是又開會，討論，計分，放榜。

工友規矩，下午五點以後是不做工的，於是一個事務員請門房幫忙，連夜貼一丈多長的榜。但到第二天的早晨，就被撕掉了，於是又寫榜。於是辯論：分數多寡的辯論；及格與否的辯論；教員有無私心的辯論；優待革命青年，優待的程度，我說已優，他說未優的辯論；補救落第，我說權不在我，他說在我，我說無法，他說有法的辯論；試題的難易，我說不難，他說太難的辯論；還有因為有族人在臺灣，自己也可以算作臺灣人，取得優待「被壓迫民族」的特權與否的辯論；還有人本無名，所以無所謂冒名頂替的玄學底辯論……。這樣地一天一天的過去，而每夜是十多匹——或二十匹——老鼠的馳騁，早上是三位工友的響亮的歌聲。

現在想起那時的辯論來，人是多麼和有限的生命開著玩笑呵。然而那時卻並無怨尤，只有一事覺得頗為變得特別：對於收到的長信漸漸有些仇視了。

這種長信，本是常常收到的，一向並不為奇。但這時竟漸嫌其長，如果看完一張，還未說出本意，便覺得煩厭。有時見熟人在旁，就託付他，請他看後告訴我信中的主旨。

「不錯。『寫長信，就是反革命的！』」我一面想。

我當時是否也如K委員似的眉頭打結呢，未曾照鏡，不得而知。僅記得即刻也自覺到我的開會和辯論的生涯，似乎難以稱為「在革命」，為自便計，將前判加以修正了：

「不。『反革命』太重，應該說是『不革命』的。然而還太重。其實是，——寫長信，不過是吃得太閒空罷了。」

有人說，文化之興，須有餘裕，據我在鐘樓上的經驗，大致是真的罷。閒人所造的文化，自然只適宜於閒人，近來有些人磨拳擦掌，大鳴不平，正是毫不足怪，——其實，便是這鐘樓，也何嘗不造得蹊蹺。但是，四萬萬男女同胞，僑胞，異胞之中，有的是「飽食終日，無所用心」[14]，有的是「群居終日，言不及義」[15]。怎不造出相當的文藝來呢？只說文藝，範圍小，容易些。那結論只好是這樣：有餘裕，未必能創作；而要創作，是必須有餘裕的。故「花呀月呀」，不出於啼饑號寒者之口，而「一手奠定中國的文壇」[16]，亦為苦工豬仔所不敢望也。

我以為這一說於我倒是很好的，我已經自覺到自己久已不動筆，但這事卻應該歸罪於匆忙。

大約就在這時候，《新時代》上又發表了一篇《魯迅先生往那裡躲》，宋雲彬[17]先生做的。文中有這樣的對於我的警告：

「他到了中大，不但不曾恢復他『吶喊』的勇氣，並且似乎在說『在北方時受著種種迫壓，種種刺激，到這裡來沒有壓迫和刺激，也就無話可說了』。噫嘻！異哉！魯迅先生竟跑出了現社會，躲向牛角尖裡去了。舊社會死去的苦痛，新社會生出的苦痛，多多少放在他眼前，他竟熟視無睹！他把人生的鏡子藏起來了，他把自己回復到過去時代去了，噫嘻！異哉！魯迅先生躲避了。」

而編輯者還很客氣，用案語聲明著這是對於我的好意的希望和慫恿，並非惡意的笑罵的文章。這是我很明白的，記得看見時頗為感動。因此也曾想如上文所說的那樣，寫一點東西，聲明我雖不吶喊，卻正在辯論和開會，有時一天只吃一頓飯，有時只吃一條魚，也還未失掉了勇氣。

《在鐘樓上》就是預定的題目。然而一則還是因為辯論和開會，二則因為篇首引有拉狄克[18]的兩句話，另外又引起了我許多雜亂的感想，很想說出，終於反而擱下了。那兩句話是：

「在一個最大的社會改變的時代，文學家不能做旁觀者！」

但拉狄克的話，是為了葉遂寧[19]和梭波里[20]的自殺而發的。他那一篇《無家可歸的藝術家》[21]譯載在一種期刊上時，曾經使我發生過暫時的思索。我因此知道凡有革命以前的幻想或理想的革命詩人，很可有碰死在自己所謳歌希望的現實上的運命；而現實的革命倘不粉碎了這類詩人的幻想或理想，則這革命也還是布告上的空談。但葉遂寧和梭波里是未可厚非的，他們先後給自己唱了挽歌，他們有真實。他們以自己的沉沒，證明著革命的前行。他們到底並不是旁觀者。

但我初到廣州的時候，有時確也感到一點小康。前幾年在北方，常常看見迫壓黨人，看見捕殺青年，到那裡可都看不見了。後來才悟到這不過是「奉旨革命」的現象，然而在夢中時是委實有些舒服的。假使我早做了《在鐘樓上》，文字也許不如此。無奈已經到了現在，又經過目睹「打倒反革命」的事實，純然的那時的心情，實在無從追躡了。現在就只好是這樣罷。

【注釋】

1 本篇最初發表於一九二七年十二月十七日上海《語絲》第四卷第一期。

2 即孫伏園（一八九四－一九六六），浙江紹興人，曾任北京《晨報副刊》、《京報副刊》、《語絲》的編輯。當時在廈門大學工作。

3 指李遇安，《語絲》、《莽原》的投稿者。一九二六年為廣州中山大學職員，不久離去。

4 指顧孟餘，國民黨政客。當時任中山大學委員會副主任委員。

5 勃洛克（Александр Блок，一八八〇－一九二一），蘇聯詩人。《十二個》是他一九一八年創作的反映十月革命的長詩。這裡的引語，原出娜杰日達·帕夫洛維奇的《回憶勃洛克》（見《鳳凰·文藝·科學與哲學論文集》第一集，一九二二年莫斯科篝火出版社出版）。

6 語見晉代王羲之《蘭亭集序》。

7 即梁式，廣東臺山人，當時廣州《國民新聞》副刊《新時代》的編輯，抗日戰爭時期墮落為漢奸。這裡的引文，見他所作的《魯迅先生在茶樓上》。

8 章炳麟（一八六九－一九三六），號太炎，浙江餘杭人，清末革命家、學者。作者留學日本時曾聽他講授《說文解字》。《新方言》是章太炎關於語言文字的著作之一，共十一卷，書末附有《嶺外三州語》一卷，現收入《章氏叢書》。「其州在尾上」，原語出《山海空．北山經》；章太炎對於「州」字的解釋，見《新方言．釋形體》。

9 指《慶祝滬寧克服的那一邊》，載一九二七年五月五日《國民新聞》副刊《新出路》，現收入《集外集拾遺補編》。

10 公元一、二世紀間形成的佛教宗派。大乘是對小乘而言。小乘佛教主張「自我解脫」，要求苦行修煉；大乘佛教則主張「救度一切眾生」，強調盡人皆可成佛，一切修行應以利他為主。

11 這裡指在家修行的佛教徒。

12 形似楊桃而略大的水果。

13 高長虹在《狂飆》第五期（一九二六年十一月七日）《一九二五北京出版界形勢指掌圖》中，攻擊魯迅說：「直到實際的反抗者從哭聲中被迫出校後……魯迅遂戴其紙糊的權威者的假冠入於身心交病之狀況矣！」

14 語見《論語．陽貨》。

15 語見《論語．衛靈公》。

16 這是新月書店吹噓徐志摩的話。一九二七年春該店創辦時，在《開幕紀念刊》的「第一批出版新書預告」中，介紹徐志摩的詩，說他「一隻手奠定了一個文壇的基礎」。

17 宋雲彬（一八九七－一九七九），浙江海寧人，作家。當時任《黃埔日報》編輯。

18 拉狄克（К.Б.Ра́дек，一八八五－一九三九），蘇聯政論家。早年曾參加無產階級革命運動，一九三七年以「陰謀顛覆蘇聯」罪受審。

19 葉遂寧（С.А.Есе́нин，一八九五－一九二五），通譯葉賽寧，蘇聯詩人。以描寫宗法制度下農村田園生活的抒情詩著稱。作品多流露憂鬱情調，曾參加資產階級意象派文學團體。十月革命時曾嚮往革命，寫過一些讚揚革命的詩，如《蘇維埃俄羅斯》等。但他留戀舊時代的田園生活，對革命所引起的社會大改革不滿，於一九二五年十二月自殺。

20 梭波里（一八八八－一九二六）蘇聯「同路人」作家，十月革命後曾經接近革命，終因未能克服個人主義世界觀而自殺。

21 劉一聲譯，載《中國青年》第六卷第二十、二十一號合刊（一九二六年十二月）。

辭顧頡剛教授令「候審」[1]

（來信）

魯迅先生：

頃發一掛號信，以未悉先生住址，由中山大學轉奉，嗣恐先生未能接到，特探得尊寓所在，另鈔一分奉覽。

敬請大安。

頡剛敬上。十六，七，廿四。

（鈔件）

魯迅先生：

頡剛不知以何事開罪於先生，使先生對於頡剛竟作如此強烈之攻擊，未即承教，良用耿耿。前日見漢口《中央日報副刊》上，先生及謝玉生先生通信，始悉先生等所以反對頡剛者，蓋欲伸黨國大義，而頡剛所作之罪惡直為天地所不容，無任惶駭。誠恐此中是非，非筆墨口舌所可明瞭，擬於九月中回粵後提起訴訟，聽候法律解決。如頡剛確有反革命之事實，雖受死刑，亦所甘心，否則先生等自當負發言之責任。務請先生及謝先生暫勿離粵，以俟開審，不勝感盼。敬請大安，謝先生處並候。

中華民國十六年七月廿四日

（回信）

頡剛先生：

來函謹悉，甚至於嚇得絕倒矣。先生在杭蓋已聞僕於八月中須離廣州之訊，於是頓生妙計，命以難題。如命，則僕尚須提空囊賃屋買米，作窮打算，恭候偏何來遲，提起訴訟。不如命，則先生可指我為畏罪而逃也；而況加以照例之一傳十，十傳百乎哉？但我意早決，八月中仍當行，九月已在滬。江浙俱屬黨國所治，法律當與粵不異，且先生尚未啟行，無須特別函挽聽審，良不如請即就近在浙起訴，爾時僕必到杭，以負應負之責。倘其典書賣褲，居此生活費綦昂之廣州，以俟月餘後或將提起之訴訟，天下那易有如此十足笨伯哉！《中央日報副刊》未見；謝君[2]處恕不代達，此種小傀儡，可不做則不做而已，無他秘計也。此覆，順請著安！

魯迅。

【注釋】

1 本篇在收入本書前未在報刊上發表過。
顧頡剛，江蘇吳縣人，歷史學家。一九二六年與作者同在廈門大學任教，一九二七年作者到廣州不久，他也往中山大學任教，這年暑假去杭州為學校購書。
一九二七年五月十一日漢口《中央日報》副刊第四十八號發表編者孫伏園的《魯迅先生脫離廣東中大》一文，其中引用謝玉生和魯迅給編者的兩封信。謝玉生信中說：
「迅師本月二十號，已將中大所任各職，完全辭卸矣。中大校務委員會及學生方面，現正積極挽留，但迅師去志已堅，實無挽留之可能了。迅師此次辭職之原因，就是因顧頡剛忽然本月十八日由廈來中大擔任教授的原故。顧來迅師所以要去職者，即是表示與顧不合作的意思。原顧去歲在廈大造作謠言，誣衊迅師；迄廈大風潮發生之後，顧又背叛林語堂先生，甘為林文慶之謀臣，夥同張星烺、張頤、黃開宗等主張開除學生，以致此項學生，至今流離失所；這是迅師極傷心的事。」

魯迅信中說：「我真想不到，在廈門那麼反對民黨，使兼士憤憤的顧頡剛，竟到這裡來做教授了，那麼，這裡的情形，難免要變成廈大，硬直者逐，改革者開除。而且據我看來，或者會比不上廈大，這是我所得的感覺。我已於上星期四辭去一切職務，脫離中大了。」

2 謝玉生，湖南耒陽人，作者在廈門大學和中山大學任教時的學生。

匪筆三篇[1]

今之「正人君子」，論事有時喜歡講「動機」[2]。案動機，我自己知道，紹介這三篇文章是未免有些有傷忠厚的。旅資將盡，非逐食不可了，許多人已知道我將於八月中走出廣州。七月末就收到了一封所謂「學者」的信，說我的文字得罪了他，「擬於九月中回粵後提起訴訟，聽候法律解決」。且叫我「暫勿離粵，以俟開審」。命令被告枵腹恭候於異地，以俟自己雍容佈置，慢慢開審，真是霸道得可觀。

第二天偶在報紙上看見飛天虎寄亞妙信，有「提防劍仔」[3]的話，不知怎地忽而欣然獨笑，還想到別的兩篇東西，要執紹介之勞了。這種拉扯牽連，若即若離的思想，自己也覺得近乎刻薄，——但是，由它去罷，好在「開審」時總會結帳的。

在我的估計上，這類文章的價值卻並不在文人學者的名文之下。先前也曾收集，得了五六篇，後來只在北京的《平民週刊》[4]上發表過一篇模範監獄裡的一個囚人的自序，其餘的呢，我跑出北京以後，不知怎樣了，現在卻還想搜集。要誇大地說起來，則此類文章，於學術上也未始無用；我記得Lombroso[5]所做的一本書——大約是《天才與狂人》，請讀者恕我手頭無書，不能指實——後面，就附有許多瘋子的作品。然而這種金字招牌，我輩卻無須掛起來。

這回姑且將現成的三篇介紹，都是從香港《循環日報》[6]上採取的。以其都不是韻文，所以取阮氏《文筆對》[7]之說，名之曰：筆。倘有好事之徒，寄我材料，無任歡迎。但此後擬不限有韻無韻，並且擴大範圍，並收土匪，騙子，犯人，瘋子等等的創作。但經文人潤色，或擬作贗作者不收。

其實，古如陳涉帛書[8]，米巫題字[9]，近如義和團傳單[10]，同善社乩筆[11]，也都是這一流。我想，凡見於古書的，也都可以抄出來編為一集，和現在的來比照，看思想手段，有什麼不同。

來件想托北新書局代收，當擇優發表，——但這是我倘不忙於「以俟開審」或下了牢監的話。否則，自己的文章也就是材料，不必旁搜博採了。

閒話休題，言歸正傳：

一　撕票布告　潘平

廣州佛山缸瓦欄維新碼頭發現爛艇一艘，有水浸淹其中，用蓑衣覆蓋男子屍身一具，露出手足，旁有粗碗一只，白旗一面，書明云云。由六區水警，將該屍艇移泊西醫院附近。驗得該屍頸旁有一槍孔，直貫其鼻，顯係生前轟斃。查死者年約三十歲，乃穿短線衫褲，剪平頭裝者。

南海紫洞潘平布告。

為布告事：昨四月念六日，在祿步共擄得鄉人十餘名，困留月餘，並望贖音。茲提出祿步笋洞沙鄉，姓許名進洪一名，槍斃示眾，以儆其餘。四方君子，特字周知，切勿視財如命！此布。（據七月十三日《循環報》。）

二　致信女某書　　金吊桶

廣西梧州洞天酒店相命家金吊桶，原名黃卓生，新會人，日前有行騙陳社恩，黃心，黃作梁夫婦銀錢單據，為警備司令部將其捕獲，又搜獲一封固之信，內空白信箋一張，以火烘之，發現字跡如下：

今日民國十六年五月二十九日，呂純陽先師下降，查明汝信女係廣西人。汝今生為人，心善清潔，今天上玉皇賜橫財四千五百兩銀過你，汝信享福養兒育女。但此財分作八回中足，今年七月尾只中白鴿票七百五十元左右。

老來結局有個子，第三位有官星發達，有官太做。但汝終身要派大三房妾伴，不能坐正位。今生條命極好。汝前世犯了白虎五鬼天狗星，若想得橫財旺子，要用六元六毫交與金吊桶先生代汝解除，方得平安無事。若不信解除，汝條命得來十分無夫福無子福，有子死子，有夫死夫。但見字要求先生共汝解去此凶星為要可也。汝想得財得子者，為夫福者，有夫權者，要求先生共汝行禮，交合陰陽一二回，方可平安。如有不順從先生者，汝條命冇好處，無安樂也。……（據七月二十六日《循環報》。）

三　詰妙嫦書　飛天虎

香港永樂街如意茶樓女招待妙嫦，年僅雙十，寓永吉街三十號二樓。七月二十九日晚十一時許，散工之後，偕同女侍三數人歸家，道經大道中永吉街口，遇大漢三四人，要截於途，詰妙嫦曰：汝其為妙玲乎？嫦不敢答，閃避而行。詎大漢不使去，逞凶毆之，凡兩拳，且曰：汝雖不語，固認識汝之面目者也！嫦被毆，大哭不已，歸家後，以為大漢等所毆者為妙玲，故尚自怨無辜被辱，不料翌早復接恐嚇信一通，按址由郵局投至，遂知昨晚之被毆，確為尋己，乃將事密報偵探，並告以所疑之人，務使就捕雪恨云。

亞妙女招待看！啟者：久在如意茶樓，用諸多好言，毆辱我兄弟，及用滾水來陸之兄弟，靈端相勸，置之不理，與續大發雌雄，反口相齒，亦所謂惡不甚言矣。昨晚在此二人毆打已捶，亦非介意，不過小小之用。刻下限你一星期內答覆，妥講此事，若有無答覆，早夜出入，提防劍仔，決列對待，及難保性命之虞，勿怪書不在先，至於死地之險也。諸多未及，難解了言，順候，此詢危險。

七月初一晚，卅六友飛天虎謹。（據八月一日《循環報》。）

【注釋】

1 本篇最初發表於一九二十年九月十日北京《語絲》第一四八期。

2 陳源的話，見《現代評論》第三卷第四十八期（一九二五年十一月七日）的《閒話》：「一件藝術品的產生，除了純粹的創造衝動，是不是常常還夾雜別種動機？是不是應當夾雜著別種不純的動機？」

3 廣州話：匕首。

4 即《民眾文藝》，北京《京報》附出的週刊，一九二四年十二月九日創刊。魯迅曾為該刊撰稿，並校閱過自創刊號至第十六號中的一些稿件。一個囚人的自序，即《一個「罪犯」的自述》，該文曾由魯迅加上按語，發表於《民眾文藝》第二十期（一九二五年五月五日），後收入《集外集拾遺》。

5 龍勃羅梭（一八三六－一九〇九），義大利精神病學者，刑事人類學派的代表。他認為「犯罪」是自有人類以來長期遺傳的結果，提出荒謬的「先天犯罪」說，主張對「先天犯罪」者採取死刑、終身隔離、消除生殖機能等以「保衛社會」。著有《天才論》、《犯罪者論》等。他的學說曾被德國法西斯採用。

6 香港出版的中文報紙，一八七四年一月由王韜創辦，約於一九四七年停刊。

7 清代阮福為回答他父親阮元的提問而作。它「綜合六朝唐人之所謂文所謂筆與宋明之說不同而見於書史者，不分年代類列之，以明其體」。阮福認為：「有情辭聲韻者為文」，「直言無文采者為筆」。這篇文章收入他所編的《文筆考》，又見阮元的《揅經室三集．學海堂文筆策問》。

8 陳勝（？—前二〇八）字涉，陽城（今河南登封東南）人，秦末農民起義領袖。秦二世元年，他和吳廣被派戍守漁陽，走到蘄縣大澤鄉（今安徽宿縣東南），因雨誤期，按秦代法律將被斬首，於是揭竿起義。據《史記．陳涉世家》，起義前夕，「乃丹書帛曰：陳勝王。置人所罾魚腹中」。

9 據《後漢書．劉焉傳》，東漢張陵於「順帝時客於蜀，學道鶴鳴山中，造作符書，以惑百姓。受其道者輒出米五斗」，故謂之「米賊」。後來，張陵被尊為「張天師」，並奉為道教的創始人，他的道徒與巫覡一樣，都以符籙為術。符籙，是在紙或布上畫的似字非字的圖形，用以「祭禱」、「治病」和「驅使鬼神」。

10 十九世紀末，反帝愛國組織義和團的活動帶有濃厚的迷信色彩，在一些宣言和傳單中，往往借用神靈、符咒來號召群眾：如「口頭咒語學真言，升黃表，焚香煙，請來各等眾神仙。神出洞，仙下山，扶助人間把拳玩。兵法易，助學拳，要擯鬼子不費難。」（見《拳匪紀事》）

11 同善社，封建迷信的道門組織。乩筆，扶乩的人假託鬼神降臨，用木錐在沙盤上畫出的「文字」。內容是與人唱和、示人吉凶，或為病人開具藥方等等。

某筆兩篇[1]

昨天又得幸逢了兩種奇特的廣告，仍敢執紹介之勞。標點是我所加的，以醒眉目。該稱什麼筆呢，想了兩天兩夜，沒有好結果。姑且稱為「某筆」，以俟博雅君子教正。

這回的「動機」比較地近於純正，除希望「有目共賞」外，似乎並不含有其他的副作用了。但又發生了一種妄想。記得前清時，曾有一種專選各種報上較好的論說的，叫作《選報》[2]。現在如有好事之徒，也還可以辦這一類的刊物。每省須有訪員數人，專收該地報上奇特的社論，記事，文藝，廣告等等，彙刊成冊，公之於世。則其顯示各種「社會相」也，一定比遊記之類要深切得多。不知CF男士[3]以為何如？

一九二七年九月二十二日午飯之前。

其一

熊仲卿榜名文蔚。歷任民國縣長，所長，處長，局長，廳長。通儒，顯宦，兼作良醫，尤擅女科。住本港跑馬地黃泥湧道門牌五十五號一樓中醫熊寓，每日下午應診及出診。電話總局五二七〇。

（右一則見九月二十一日香港《循環日報》。）

謹案：以吾所聞，向來或稱世醫，以其數代為醫也；或稱儒醫，以其曾做八股也；或稱官醫，以其亦為官家所雇也；或稱御醫，以其曾經走進（？）太醫院[4]也。若夫「縣長，所長，處長，局長，廳長。通儒，顯宦」，而又「兼作良醫」，則誠曠古未有者矣。而五「長」做全，尤為難得云。

其二

徵求父母廣告。余現已授中等教育有年，品行端正，純無嗜好。因不幸父母相繼逝世，余獨取家資，來學廣州。自思自覺單身兒子，有非常之寂寞。於是自願甘心為人兒子。並自願傾家產而從四方人事而無兒子者。有相當之家庭，且欲兒子者，請來函報告（家庭狀況經濟地位若何），並寫明通訊地址。俟我回覆，方接洽面商。閱報諸君而能介紹我好事成功者，應以百金敬酬。不成功者，當有謝謝。申一〇六

通訊處　廣東省立第一中學校余希成具。

（右一則見同日廣州《民國日報》。）

謹案：我輩生當澆漓之世，於「徵求伴侶」等類廣告，早經司空見慣，不以為奇。昔讀茅泮林所輯《古孝子傳》[5]，見有三男皆無母，乃共迎養一不相干之老嫗，當作母親一事，頗以為奇。然那時孝廉方正[6]，可以做官，故尚能

疑為別有作用也。而此廣告則挾家資以求親，懸百金而待薦，雒誦之餘，烏能不欣人心之復返於淳古，表而出之，以為留心世道者告，而為打爹罵娘者勸哉？特未知閱報諸君，可知廣州有欲兒子者否？要知道倘為介紹，即使好事不成，亦有「謝謝」者也。

【注釋】

1 本篇最初發表於一九二七年十一月二十六日《語絲》第一五六期。

2 一九〇二年（清光緒二十八年）在上海出版的一種雜誌。

3 指李小峰（一八九七－一九七一），江蘇江陰人，當時北新書局主持人。該書局出版的非洲須萊納爾（Olive Schreiner）所著《夢》的中譯本，譯者張近芬署名為CF女士。這裡是對李小峰的戲稱。

4 宮廷醫療機構。

5 清代茅泮林從類書中輯錄劉向、蕭廣濟、王歆、王韶之、周景式、師覺授、宋躬、虞盤佑、鄭緝等已散佚的《孝子傳》成書。這裡引述的事，見該書《五郡孝子》篇。「三男」應是「五男」。

6 漢代選拔官吏，有孝廉和賢良方正的科目，由地方向朝廷薦舉「孝子」、「直言極諫者」，中選的授予官職。清代合孝廉和賢良方正為孝廉方正科。

述香港恭祝聖誕[1]

記者先生：

文宣王大成至聖先師[2]孔夫子聖誕，香港恭祝，向稱極盛。蓋北方僅得東鄰[3]鼓吹，此地則有港督督率，實事求是，教導有方。僑胞亦知崇拜本國至聖，保存東方文明，故能發揚光大，盛極一時也。今年聖誕，尤為熱鬧，文人雅士，則在陶園雅集，即席揮毫，表示國粹。各學校皆行祝聖禮，往往歡迎各界參觀，夜間或演新劇，或演電影，以助聖興。超然學校每年祝聖，例有新式對聯，貼於門口，而今年所製，尤為高超。今敬謹錄呈，乞昭示內地，以愧意欲打倒帝國主義者：

乾　男校門聯

本魯史，作《春秋》，罪齊田恆[4]，地義天經，打倒賊子亂臣，免得赤化宣傳，討父仇孝，共產公妻，破壞綱常倫紀。

墮三都，出藏甲[5]，誅少正卯[6]，風行雷厲，剷除貪官悍吏，訓練青年德育，修身齊家，愛親敬長，挽回世道人心。

坤　女校門聯

母憑子貴，妻藉夫榮，方今祝聖誠心，正宜遵懍三從，豈可開口自由，埋口自由，一味誤會自由，趨附潮流成水性。

男稟乾剛，女占坤順[7]，此際尊孔主義，切勿反違四德，動說有乜所謂，冇乜所謂，至則不知所謂，隨同社會出風頭。

埋猶言合，乜猶言何，冇猶言無，蓋女子小人，不知雅訓，故用俗字耳。

輿論之類，琳琅尤多，今僅將載於《循環日報》者錄出一篇，以見大概：

孔誕祝聖言感

佩蘅

金風送爽。涼露驚秋。轉瞬而孔誕時期屆矣。邇來聖教衰落。邪說囂張。禮孔之舉。惟港中人士。猶相沿奉行。至若內地。大多數不甚注意。蓋自新學說出。而舊道德日即於淪亡。自新人物出。而古聖賢胥歸於淘汰。

一般學子。崇持列寧馬克思種種謬說。不惜舉二千年來炳若日星之聖教。摧陷而廓清之。其詆人也。不曰腐化即曰老朽。實則若曹少不更事。鹵莽滅裂。不惜假新學說以便其私圖。而古人之大義微言。儼如肉中刺。眼中釘。必欲拔除之而後快。孔子且在於打倒之列。更何有孔誕之可言。

嗚呼。長此以往。勢不至等人道於禽獸不止。何幸此海隅之地。古風未泯。經教猶存。當此祝聖時期。濟濟蹌蹌一時稱盛耶。雖然。吾人祝聖。特為此形式上之紀念耳。尤當注重孔教之精神。孔教重倫理。重實行。所謂齊家治國平天下。由近及遠。由內及外。皆有軌道之可循。天不變道亦不變。自有碻鑿之理由在。雖暴民囂張。摧殘聖教。然浮雲之翳。何傷日月之明。吾人當蒙泉剎果[8]之餘。傷今思古。首當發揮大義。羽翼微言。子輿氏謂能言距楊墨[9]者。聖人之徒。生今之世。群言淆亂。異說爭鳴。眾口鑠金。積非成是。與聖教為難者。向只楊墨。就貴詞而辟之。為吾道作干城。樹中流之砥柱。若乎張惶耳目。塗飾儀文。以敷衍為心。作例行之舉。則非吾所望於祝聖諸公也。感而書之如此。

香港孔聖會則於是日在太平戲院日夜演大堯天班。其廣告云：

祝大成之聖節，樂奏鈞天，彰正教於人群，歡騰大地。我國數千年來，崇奉孔教，誠以聖道足以維持風化，挽救人心者也。本會定期本月廿七日演大堯天班。是日演《加官大送子》，《游龍戲鳳》。夜通宵先演《六國大封相》及《風流皇后》新劇。查《風流皇后》一劇，情節新奇，結構巧妙。惟此劇非演通宵，不能結局，故是晚經港政府給發數特別執照。演至通宵。……預日沽票處在荷李活道中華書院孔聖會辦事所。

丁卯年八月廿四日，香港孔聖會謹啟。

《風流皇后》之名，雖欠雅馴，然「子見南子」[10]，《論語》不諱，惟此

「海隅之地，古風未泯」者，能知此意耳。餘如各種電影，亦復美不勝收，新戲院則演《濟公傳》四集，預告者尚有《齊天大聖大鬧天宮》，新世界有《武松殺嫂》，全係國粹，足以發揚國光。皇后戲院之《假面新娘》雖出鄰邦，然觀其廣告云：「孔子有言，『始吾於人也，聽其言而信其行，今吾於人也，聽其言而觀其行，於予與改是。』請君今日來看《假面新娘》以證孔子之言，然後知聖人一言而為天下法，所以不愧稱為萬世師表也。」則固亦有裨聖教者耳。

嗟夫！乘桴浮海[11]，曾聞至聖之微言，崇正辟邪，幸有大英之德政。愛國劬古之士，當亦必額手遙慶，恨不得受一廛而為氓[12]也。

專此布達，即頌

輯祺。

聖誕後一日，華約瑟謹啟。

【注釋】

1 本篇最初發表於一九二七年十一月二十六日《語絲》第一五六期，發表時用致編者信的形式，刊於「來函照登」欄內，題目為作者編入本書時所加。

2 這是封建統治者加給孔丘的諡號。唐開元二十七年（七三九）加諡孔丘為文宣王；後來宋元明各朝都有加諡；清順治二年（一六四五）又加諡為「大成至聖文宣先師」。

3 指日本。日本明治維新以後，有些人曾組織「斯文會」，尊奉儒教。

4 編年體春秋史，相傳係孔丘依據魯國史官所編《春秋》改訂而成。罪齊田恒，據《春秋左氏傳》哀公十四年記載：「齊陳恒弒其君壬於舒州，孔丘三日齊（齋），而請伐齊三。」陳恒，即田恒。他於西元前四八五年殺了齊簡公（即壬），孔丘認為他是亂臣賊子，所以迫切要求魯哀公出兵討伐。

5 《史記．孔子世家》記載，孔丘做魯司寇時，見孟孫、叔孫和季孫三家掌握實權，自建都城，儼如一個國家，便向魯定公進言：要使「臣無藏甲，大夫無百雉之城」，並「使仲由（即孔丘學生子路）為季氏宰，將墮三都」。結果墮毀了叔孫氏的郈都和季孫氏的費都。

6 據《史記．孔子世家》記載，魯定公十四年（公元前四九七）孔丘在魯「由大司寇行攝相事……於是誅魯大夫亂政者少正卯」。

7 《周易．繫辭》：「乾道成男，坤道成女。」同書《說卦》又說：「乾，健也；坤，順也。」

8 蒙、剝，是《周易》中的兩個卦名；泉和果是解釋這兩個卦使用的比喻。蒙泉剝果，大意是指人們愚昧，世道衰微。

9 即孟軻。這裡所引他的話，見《孟子．滕文公》：「能言距楊墨者，聖人之徒也。」楊墨，指楊朱和墨翟。

10 見《論語．雍也》：「子見南子，子路不說（悅）。夫子矢之曰：『予所否者，天厭之！天厭之！』」南子，春秋時衛靈公夫人。

11 語見《論語．公冶長》：「子曰：『道不行，乘桴浮於海。』」桴，竹木編的小筏。

12 語見《孟子．滕文公》。廛，古代城市平民住宅區。氓，居民。

吊與賀[1]

《語絲》在北京被禁之後，一個相識者寄給我一塊剪下的報章，是十一月八日的北京《民國晚報》的《華燈》欄，內容是這樣的：

吊喪文　孔伯尼

頃聞友云：「《語絲》已停」，其果然歟？查《語絲》問世，三年於斯，素無餘潤，常經風波。以久特聞，迄未少衰焉。方期益臻堅壯，豈意中道而崩？

「閒話」失慎，「隨感」傷風歟？抑有他故耶？豈明[2]老人再不興風作浪，叛徒首領[3]無從發令施威；忠臣孝子，或可少申餘憤；義士仁人，大宜下井投石。「語絲派」已亡，眾怒少息，「擁旗黨」[4]猶在，五色何憂？從此狂瀾平靜，邪說殲絕。有關風化，良匪淺鮮！則《語絲》之停也，豈不懿歟？所惜者餘孽未盡，禍根猶存，復萌故態，誠堪預防！自宜除惡務盡，何容姑息養奸？興仁義師，招撫並用；設文字獄，賞罰分明。打倒異端，懲辦禍首；以安民心，而屬眾望。豈惟功垂不朽；易止德及黎庶？抑亦國旗為榮耶？效《狂飆》[5]之往例，草《語絲》之哀辭，當仁不讓，舍我其誰？朝野君子，乞勿忽之。

未廢標點，已禁語體之秋，陽曆晦日，杏壇上。

挽狂飆

燕生[6]

先前沒有想到，這回卻記得起來了。去年我在廈門島上時，也有一個朋友剪寄我一片報章，是北京的《每日評論》，日子是「丙寅年十二月二十……」，陽曆的日子被剪掉了。內容是這一篇：

不料我剛作了《讀狂飆》一文之後，《狂飆》疾終於上海正寢的訃聞隨著就送到了。本來《狂飆》的不會長命百歲，是我們早已料到的，但它夭折的這樣快，卻確乎「出人意表之外」。尤其是當這與「思想界的權威者」[7]正在宣戰的時候，而突然得到如此的結果，多心的人也許會猜疑到權威者的反攻戰略上面，「這話當然不確」，「不過」自由批評家所走不到的光華書局，「思想界的權威」也許竟能走得到了，於是乎《狂飆》乃停，於是乎《狂飆》乃不得不停。

但當今之世，權威亦多矣，《狂飆》所得罪者不知是南方之強歟？北方之強歟？抑……歟？

思想家究竟不如武人爽快，《狂飆》雖停，而長虹[8]終於能安然走到北京，這個，我們倒要向長虹道賀。

嗚呼！回想非宗教大同盟[9]轟轟烈烈之際，則有五教授慨然署名於擁護思想自由之宣言，曾幾何時，而自由批評已成為反動者唯一之口號矣。自由乎！自由乎！其隨線裝書以入於毛廁坑中乎！嘻嘻！咄咄！

《語絲》本來並非選定了幾個人，加以恭維或攻擊或詛咒之後，便將作者和刊物的榮枯存滅，都推在這幾個人的身上的出版物。但這回的禁終於燕京北寢的訃聞，卻「也許」不「會猜疑到權威者的反攻戰略上面」去了罷。誠然，我亦覺得「思想家究竟不如武人爽快」也！

但是，這個，我倒要向燕生和五色國旗道賀。

十二月四日，於上海正寢。

【注釋】

1 本篇最初發表於一九二七年十二月三十一日《語絲》第四卷第三期。

2 即周作人（一八八五—一九六七），浙江紹興人，《語絲》的編者和主要撰稿人之一，抗日戰爭時期墮落為漢奸。

3 指魯迅。一九二五年九月四日《莽原》週刊第二十期載有霉江致魯迅的信，其中有「青年叛徒領導者」的話，陳西瀅在一九二六年一月三十日《晨報副刊》發表《致志摩》，說魯迅不配作「青年叛徒的首領」。

4 指國家主義派。他們擁護北洋軍閥，反對革命，曾發起保護五色旗的「護旗運動」。五色，指五色旗，一九一一年至一九二七年中華民國的國旗，用紅、黃、藍、白、黑五色橫列組成。

5 文學週刊，狂飆社的高長虹等人編輯。一九二六年十月在上海創刊，一九二七年一月出至第十七期停刊。光華書局出版。

6 常燕生，山西榆次人，國家主義派分子。曾參加過狂飆社。

7 一九二五年八月四日北京《民報》分別在《京報》、《晨報》刊登發刊廣告，內稱「特約中國思想界之權威者魯迅……諸先生隨時為副刊撰著」。後來有些人就引用這稱號來諷刺魯迅。

8 高長虹，山西盂縣人，狂飆社主要成員。他曾經一度和魯迅接近，不久即對魯迅肆意進行攻擊和誹謗。

9 指在北京、上海等地成立的「非基督教學生同盟」。它在中國社會主義青年團的領導下，於一九二二年三月十五日在上海《先驅》半月刊上發表宣言、通電和章程，並在群眾中散發傳單，組織講演會，反對帝國主義在中國進行文化侵略。當時北京大學周作人、沈士遠等五教授站在資產階級自由主義者的立場上，反對「同盟」的意見，發表信教自由的宣言。

一九二八年

「醉眼」中的朦朧[1]

舊曆和新曆的今年似乎於上海的文藝家們特別有著刺激力，接連的兩個新正一過，期刊便紛紛而出了。他們大抵將全力用盡在偉大或尊嚴的名目上，不惜將內容壓殺。連產生了不止一年的刊物，也顯出拚命的掙扎和突變來。

作者呢，有幾個是初見的名字，有許多卻還是看熟的，雖然有時覺得有些生疏，但那是因為停筆了一年半載的緣故。他們先前在做什麼，為什麼今年一齊動筆了？說起來怕話長。要而言之，就因為先前可以不動筆，現在卻只好來動筆，仍如舊日的無聊的文人，文人的無聊一模一樣。這是有意識或無意識地，大家都有些自覺的，所以總要向讀者聲明「將來」：不是「出國」，「進研究室」，便是「取得民眾」。功業不在目前，一旦回國，出室，得民之後，那可是非同小可了。自然，倘有遠識的人，小心的人，怕事的人，投機的人，最好是此刻豫致「革命的敬禮」。一到將來，就要「悔之晚矣」了。

然而各種刊物，無論措辭怎樣不同，都有一個共通之點，就是：有些朦朧。這朦朧的發祥地，由我看來，——雖然是馮乃超的所謂「醉眼陶然」[2]——也還在那有人愛，也有人憎的官僚和軍閥。和他們已有瓜葛，或想有瓜葛的，筆下便往往笑眯眯，向大家表示和氣，然而有遠見，夢中又害怕鐵錘和鐮刀，因此也不敢分明恭維現在的主子，於是在這裡留著一點朦朧。和他們瓜葛已斷，或則並無瓜葛，走向大眾去的，本可以毫無顧忌地說話了，但筆下即使雄糾糾，對大家顯英雄，會忘卻了他們的指揮刀的傻子是究竟不多的，這裡也就留著一點朦朧。於是想要朦朧而終於透漏色彩的，想顯色彩而終於不免朦朧的，便都在同地同時出現了。

其實朦朧也不關怎樣緊要。便在最革命的國度裡，文藝方面也何嘗不帶些朦朧。然而革命者決不怕批判自己，他知道得很清楚，他們敢於明言。惟有中國特別，知道跟著人稱托爾斯泰為「卑污的說教人」[3]了，而對於中國「目前的情狀」，卻只覺得在「事實上，社會各方面亦正受著烏雲密布的勢力的支配」[4]，連他的「剝去政府的暴力，裁判行政的喜劇的假面」的勇氣的幾分之一也沒有；知道人道主義不徹底了，但當「殺人如草不聞聲」[5]的時候，連人道主義式的抗爭也沒有。剝去和抗爭，也不過是「咬文嚼字」，並非「直接行動」[6]。我並不希望做文章的人去直接行動，我知道做文章的人是大概只能做文章的。

可惜略遲了一點，創造社前年招股本，去年請律師[7]，今年才揭起「革命文學」的旗子，復活的批評家成仿吾總算離開守護「藝術之宮」的職掌[8]，要去「獲得大眾」，並且給革命文學家「保障最後的勝利」[9]了。這飛躍也可以說是必然的。弄文藝的人們大抵敏感，時時也感到，而且防著自己的沒落，如漂浮在大海裡一般，拚命向各處抓攫。二十世紀以來的表現主義[10]，踏踏主義[11]，什麼什麼主義的此興彼衰，便是這透露的消息。現在則已是大時代，動搖的時代，轉換的時代，中國以外，階級的對立大抵已經十分銳利化，農工大眾日日顯得著重，倘要將自己從沒落救出，當然應該向他們去了。何況「嗚呼！小資產階級原有兩個靈魂。……」雖然也可以向資產階級去，但也能夠向無產階級去的呢。

這類事情，中國還在萌芽，所以見得新奇，須做《從文學革命到革命文學》那樣的大題目，但在工業發達，貧富懸隔的國度裡，卻已是平常的事情。或者因為看準了將來的天下，是勞動者的天下，跑過去了；或者因為倘幫強者，寧幫弱者，跑過去了；或者兩樣都有，錯綜地作用著，跑過去了。也可以說，或者因為恐怖，或者因為良心。成仿吾教人克服小資產階級根性，拉「大眾」來作「給與」和「維持」的材料，文章完了，卻正留下一個不小的問題：

倘若難於「保障最後的勝利」，你去不去呢？

這實在還不如在成仿吾的祝賀之下，也從今年產生的《文化批判》上的李初梨的文章[12]，索性主張無產階級文學，但無須無產者自己來寫；無論出身是什麼階級，無論所處是什麼環境，只要「以無產階級的意識，產生出來的一種的鬥爭的文學」就是，直截爽快得多了。但他一看見「以趣味為中心」的可惡的「語絲派」的人名就不免曲折，仍舊「要問甘人君，魯迅是第幾階級的人？」[13]

我的階級已由成仿吾判定：「他們所矜持的是『閒暇，閒暇，第三個閒暇』；他們是代表著有閒的資產階級，或者睡在鼓裡的小資產階級。……如果北京的烏煙瘴氣不用十萬兩無煙火藥炸開的時候，他們也許永遠這樣過活的罷。」[14]

我們的批判者才將創造社的功業寫出，加以「否定的否定」，要去「獲得大眾」的時候[15]，便已夢想「十萬兩無煙火藥」，並且似乎要將我擠進「資產階級」去（因為「有閒就是有錢」云），我倒頗也覺得危險了。後來看見李初梨說：「我以為一個作家，不管他是第一第二……第百第千階級的人，他都可以參加無產階級文學運動；不過我們先要審察他們的動機。……」[16]這才有些放心，但可慮的是對於我仍然要問階級。

「有閒便是有錢」；倘使無錢，該是第四階級[17]，可以「參加無產階級文學運動」了罷，但我知道那時又要問「動機」。總之，最要緊是「獲得無產階級的階級意識」，——這回可不能只是「獲得大眾」便算完事了。橫豎纏不清，最好還是讓李初梨去「由藝術的武器到武器的藝術」[18]，讓成仿吾去坐在半租界裡積蓄「十萬兩無煙火藥」，我自己是照舊講「趣味」。

那成仿吾的「閒暇，閒暇，第三個閒暇」的切齒之聲，在我是覺得有趣的。因為我記得曾有人批評我的小說，說是「第一個是冷靜，第二個是冷靜，第三個還是冷靜」[19]，「冷靜」並不算好批判，但不知怎地竟像一板斧劈著了這位革命的批評家的記憶中樞似的，從此「閒暇」也有三個了。

倘有四個，連《小說舊聞鈔》也不寫，或者只有兩個，見得比較地忙，也許可以不至於被「奧伏赫變」[20]（「除掉」的意思，**Aufheben** 的創造派的譯音，但我不解何以要譯得這麼難寫，在第四階級，一定比照描一個原文難）罷，所可惜的是偏偏是三個。但先前所定的不「努力表現自己」之罪[21]，大約總該也和成仿吾的「否定的否定」，一同勾消了。

創造派「為革命而文學」，所以仍舊要文學，文學是現在最緊要的一點，因為將「由藝術的武器，到武器的藝術」，一到「武器的藝術」的時候，便正如「由批判的武器，到用武器的批判」[22]的時候一般，世界上有先例，「徘徊者變成同意者，反對者變成徘徊者」[23]了。

但即刻又有一點不小的問題：為什麼不就到「武器的藝術」呢？

這也很像「有產者差來的蘇秦的遊說」[24]。但當現在「無產者未曾從有產者意識解放以前」[25]，這問題是總須起來的，不盡是資產階級的退兵或反攻的毒計。因為這極徹底而勇猛的主張，同時即含有可疑的萌芽了。那解答只好是這樣：

> 因為那邊正有「武器的藝術」，所以這邊只能「藝術的武器」。
>
> 這藝術的武器，實在不過是不得已，是從無抵抗的幻影脫出，墜入紙戰鬥的新夢裡去了。但革命的藝術家，也只能以此維持自己的勇氣，他只能這樣。倘他犧牲了他的藝術，去使理論成為事實，就要怕不成其為革命的藝術家。因此必然的應該坐在無產階級的陣營中，等待「武器的鐵和火」出現。這出現之際，同時拿出「武器的藝術」來。

倘那時鐵和火的革命者已有一個「閒暇」，能靜聽他們自敘的功勳，那也就成為一樣的戰士了。最後的勝利。然而文藝是還是批判不清的，因為社會有許多層，有先進國的史實在；要取目前的例，則《文化批判》已經拖住 Upton Sinclair[26]，《創造月刊》也背了 Vigny 在「開步走」[27]了。

倘使那時不說「不革命便是反革命」，革命的遲滯是「語絲派」之所為，給人家掃地也還可以得到半塊麵包吃，我便將於八時間工作之暇，坐在黑房裡，續鈔我的《小說舊聞鈔》，有幾國的文藝也還是要談的，因為我喜歡。所怕的只是成仿吾們真像符拉特彌爾·伊力支[28]一般，居然「獲得大眾」；那麼，他們大約更要飛躍又飛躍，連我也會升到貴族或皇帝階級裡，至少也總得充軍到北極圈內去了。譯著的書都禁止，自然不待言。

不遠總有一個大時代要到來。現在創造派的革命文學家和無產階級作家雖然不得已而玩著「藝術的武器」，而有著「武器的藝術」的非革命武學家也玩起這玩意兒來了，有幾種笑䁖䁖的期刊[29]便是這。他們自己也不大相信手裡的「武器的藝術」了罷。那麼，這一種最高的藝術——「武器的藝術」現在究竟落在誰的手裡了呢？只要尋得到，便知道中國的最近的將來。

二月二十三日，上海。

【注釋】

1 本篇最初發表於一九二八年三月十二日《語絲》第四卷第十一期。
本篇是魯迅針對一九二八年初創造社、太陽社對他的批評而寫的。當時創造社等的批評和魯迅的反駁，曾在革命文學陣營內部形成了一次以革命文學問題為中心的論爭。這次論爭擴大了革命文學運動的影響，促進了文化界對革命文學問題的注意。但創造社、太陽社的某些成員，在試圖運用馬克思主義原理於中國革命的實際和文藝領域時，出現過嚴重的主觀主義和宗派主義的傾向，對魯迅作了錯誤的分析，對他採取了排斥以至無原則的攻擊的態度。後來他們改變了排斥魯迅的立場，與魯迅共同組織「中國左翼作家聯盟」。

2 馮乃超，廣東南海人，作家，後期創造社成員。

「醉眼陶然」，見他在《文化批判》創刊號（一九二八年一月）發表的《藝術與社會生活》：「魯迅這位老生——若許我用文學的表現——是常從幽暗的酒家的樓頭，醉眼陶然地眺望窗外的人生。世人稱許他的好處，只是圓熟的手法一點，然而，他不常追懷過去的昔日，追悼沒落的封建情緒，結局他反映的只是社會變革期中的落伍者的悲哀，無聊賴地跟他弟弟說幾句人道主義的美麗的說話。隱遁主義！好在他不效L.Tolsstoy變作卑污的說教人。」

3 托爾斯泰（JI.H.ToJICTOH，一八二八—一九一〇），俄國作家。著有《戰爭與和平》、《安娜·卡列尼娜》、《復活》等。

4 這是馮乃超在《藝術與社會生活》中的話：「自從北伐軍進出揚子江以來，中國國民革命的一特徵，就是大眾的政治運動的熾烈化，然而，觀察目前的情狀，革命的勢力在表面上似呈一種停頓的樣子，而事實上，社會的各方面亦正受著烏雲密布的勢力的支配。」

5 語見明代沈明臣作《鐃歌十章·凱歌》：「狹巷短兵相接處，殺人如草不聞聲。」

6 見《文化批判》第二號（一九二八年二月）李初梨《怎樣地建設革命文學》：「我們知道，社會上，一定有一些常識的煽動家，向我們發出嘲笑，他們說：你們既口口聲聲在革命，何以不去直接行動，卻來弄這樣咬文嚼字的文學？我們要看出他們的奸詐來；這是他們的退兵計；有產者差來的蘇秦的遊說。」

7 一九二六年，創造社曾發出招股簡章，籌集辦社資金。一九二七年聘請劉世芳為該社律師。後來，當創造社受到反動當局壓迫時，劉世芳曾代表創造社及其出版部登報聲明「本社純係新文藝的集合，本出版部亦純係發行文藝書報的機關，與任何政治團體從未發生任何關係」，

「此後如有誣毀本社及本出版部者決依法起訴以受法律之正當保障」。（見一九二八年六月十五日上海《新聞報》）

8 創造社成立初期，成仿吾主張文學「是出自內心的要求，原不必有什麼預定的目的」，追求文學的「全」和「美」，存在有「為藝術而藝術」的傾向。一九二六年他參加北伐戰爭，一九二八年再回到上海，從事「革命文學」運動。所以這裡說他是「復活的批評家」，「總算離開守護『藝術之宮』的職掌」。

9 「獲得大眾」、「保障最後的勝利」，都見《創造月刊》第一卷第九期（一九二八年二月）成仿吾的《從文學革命到革命文學》：「以明瞭的意識努力你的工作，驅逐資產階級的『意德沃羅基』在大眾中的流毒與影響，獲得大眾，不斷地給他們以勇氣，維持他們的自信！莫忘記了，你是站在全戰線的一個分野！以真摯的熱誠描寫在戰場所聞見的，農工大眾的激烈的悲憤，英勇的行為與勝利的歡喜！這樣，你可以保障最後的勝利；你將建立殊勳，你將不愧為一個戰士。」

10 二十世紀初流行於德國和奧地利的資產階級文藝流派。它對資本主義黑暗現實帶有盲目的反抗情緒；強調表現自我感受，認為主觀是唯一真實，漠視現實生活，反對藝術的目的性，是帝國主義時期資產階級文化危機的反映。

11 通稱達達主義，第一次世界大戰期間流行於瑞士、美國、法國的資產階級文藝流派。它反對藝術規律，否定語言、形象的思想意義，以夢囈、混亂的語言、怪誕荒謬的形象表現不可思議的事物，是當時青年一代恐慌、狂亂的精神狀態的反映。

12 月刊，創造社的理論性刊物。一九二八年一月創行，共出五期。在創刊號上載有成仿吾的《祝辭》。

李初梨，四川江津人，文藝評論家，後期創造社成員。這裡是指他的《怎樣地建設革命文學》一文。其中說：「無產階級文學的作家，不一定要出自無產階級，而無產階級的出身者，不一定會產生出無產階級文學。」又說：「無產階級文學是：為完成他主體階級的歷史的使命，不是以觀照的——表現的態度，而以無產階級的階級意識，產生出來的一種鬥爭的文學。」

13 《北新》半月刊第二卷第一號（一九二七年十一月）發表署名甘人的《中國新文學的將來與其自己的認識》中有「魯迅……是我們時代的作者」的話；李初梨在《怎樣地建設革命文學》中加以反對說：
「我要問甘人君，魯迅究竟是第幾階級的人，他寫的又是第幾階級的文學？他所曾誠實地發表過的，又是第幾階級的人民的痛苦？『我們的時代』，又是第幾階級的時代？甘人君對於『中國新文藝的將來與其自己』簡直毫不認識。」

14 這段引文見成仿吾《從文學革命到革命文學》。

15 成仿吾在《從文學革命到革命文學》中評論早期創造社時說：
「它的諸作家以他們的反抗的精神，以他們的新鮮的作風，四五年之內在文學界養成了一種獨創的精神，對一般青年給與了不少的激刺。他們指導了文學革命的方針，率先走向前去，他們掃蕩了一切假的文藝批評，他們驅逐了一些蹩腳的翻譯。他們對於舊思想與舊文學的否定最為完全，他們以真摯的熱誠與批判的態度為全文學運動奮鬥。」
而在展望「文學革命今後的進展」時又說：「我們如果還挑起革命的『印貼利更追亞』的責任起來，我們還得再把自己否定一遍（否定的否定），我們要努力獲得階級意識，我們要使得我們的媒質接近農工大眾的用語，我們要以農工大眾為我們的對象。」

16 見李初梨《怎樣地建設革命文學》：「我以為一個作家，不管他是第一第二……第百第千階級的人，他都可以參加無產階級文學運動；不過我們先要審察他的動機。看他是『為文學而革命』，還是『為革命而文學』。」

17 即無產階級。過去外國歷史家曾把法國大革命時期的法國社會分為三個階級（應譯「等級」）。第一階級：國王；第二階級：僧侶和貴族；第三階級：當時的被統治階級，其中包括資產階級、小資產階級、工人、農民等。後來又有人把工人階級稱為第四階級。這是一種不科學的說法。

18 見李初梨《怎樣地建設革命文學》：「有產者既利用一切藝術為他的支配工具，那麼文學當然為無產者的重要的戰野。所以我們的作家，是『為革命而文學』，不是『為文學而革命』，我們的作品，是『由藝術的武器到武器的藝術』。」

19 這是張定璜的話，見《現代評論》第一卷第七、八期（一九二五年一月）連載的《魯迅先生》一文：「魯迅先生的醫究竟學到了怎樣一個境地，曾經進過解剖室沒有，我們不得而知，但我們知道他有三個特色，那也是老於手術富於經驗的醫生的特色，第一個，冷靜，第二個，還是冷靜，第三個，還是冷靜。」

20 德語音譯，現通譯為「揚棄」。

21 成仿吾在《創造》季刊第二卷第二期（一九二四年一月）《〈吶喊〉的評論》中，將《吶喊》中的小說分為「再現的」和「表現的」兩類。認為前者「平凡」「庸俗」，是作者「失敗的地方」，而後者如《端午節》，「表現方法恰與我的幾個朋友的作風相同」，「作者由他那想表現自我的努力，與我們接近了」。

22 見馬克思《〈黑格爾法哲學批判〉導言》：「批判的武器當然不能代替武器的批判，物質力量只能用物質力量來推毀；但是理論一經掌握群眾，也會變成物質力量。」（《馬克思恩格斯選集》第一卷第九頁，一九七二年五月人民出版社出版）

23 這兩句話的出處待查。

24 參看本文注6。蘇秦，戰國時期的縱橫家，曾遊說齊、楚、燕、趙、韓、魏六國聯合抗秦。

25 見李初梨《怎樣地建設革命文學》：「有人說：無產階級文學，是無產者自身寫出的文學。不是。因為無產者未曾從有產者意識解放以前，他寫出來的，仍是一些有產者文學。」

26 辛克萊（一八七八－一九六八），美國小說家。著有長篇小說《屠場》、《石炭王》、《世界末日》等。《文化批判》第二期（一九二八年二月）曾刊載辛克萊《拜金藝術（藝術之經濟學的研究）》的摘譯，譯者馮乃超在譯文的前言中說：辛克萊「和我們站在同一的立腳地來闡明藝術與社會階級的關係，……他不特喝破了藝術的階級性，而且闡明了今後的藝術的方向。」

27 維尼（一七九七－一八六三），法國消極浪漫主義詩人。著有《上古和近代詩集》、《命運集》等。《創造月刊》第一卷第五、七、八、九各期曾連載穆木天的論文《維尼及其詩歌》。「開步走」，是成仿吾《從文學革命到革命文學》一文中的話：「開步走，向那齷齪的農工大眾！」

28 即弗拉基米爾．伊里奇．列寧。

29 指當時的一些刊物如《新生命》等。

看司徒喬君的畫[1]

我知道司徒喬[2]君的姓名還在四五年前，那時是在北京，知道他不管功課，不尋導師，以他自己的力，終日在畫古廟，土山，破屋，窮人，乞丐……。

這些自然應該最會打動南來的遊子的心。在黃埃漫天的人間，一切都成土色，人於是和天然爭鬥，深紅和紺碧的棟宇，白石的欄干，金的佛像，肥厚的棉襖，紫糖色臉，深而多的臉上的皺紋……。凡這些，都在表示人們對於天然並不降服，還在爭鬥。

在北京的展覽會[3]裏，我已經見過作者表示了中國人的這樣的對於天然的倔強的的魂靈。我曾經得到他的一幅「四個警察和一個女人」[4]。現在還記得一幅「耶穌基督」[5]，有一個女性的口，在他荊冠上接吻。

這回在上海相見，我便提出質問：

「那女性是誰？」

「天使。」他回答說。

這回答不能使我滿足。

因為這回我發現了作者對於北方的景物——人們和天然苦鬥而成的景物——又加以爭鬥，他有時將他自己所固有的明麗，照破黃埃。至少，是使我覺得有「歡喜」（Joy）的萌芽，如脅下的矛傷，儘管流血，而荊冠上卻有天使——照他自己所說——的嘴唇。無論如何，這是勝利。

後來所作的爽朗的江浙風景，熱烈的廣東風景，倒是作者的本色。和北方風景相對照，可以知道他揮寫之際，蓋諗熟而高興，如逢久別的故人。但我卻愛看黃埃，因為由此可見這抱著明麗之心的作者，怎樣為人和天然的苦鬥的古戰場所驚，而自己也參加了戰鬥。

中國全土必須溝通。倘將來不至於割據，則青年的背著歷史而竭力拂去黃埃的中國彩色，我想，首先是這樣的。

一九二八年三月十四日夜，於上海。

【注釋】

1 本篇最初發表於一九二八年四月二日《語絲》第四卷第十四期。一九二八年春天，司徒喬在上海舉行「喬小畫室春季展覽會」，本篇是魯迅為他的展覽會目錄寫的序言。

2 司徒喬（一九〇二—一九五八）：廣東開平人，畫家。

3 指一九二六年六月，司徒喬在北京中央公園（今中山公園）水榭舉行的繪畫展覽。

4 原題《五個警察一個〇》。

5 原題《荆冠上的親吻》。

在上海的魯迅啟事[1]

大約一個多月以前，從開明書店轉到M女士[2]的一封信，其中有云：「自一月十日在杭州孤山別後，多久沒有見面了。前蒙允時常通訊及指導……。」

我便寫了一封回信，說明我不到杭州，已將十年，絕不能在孤山和人作別，所以她所看見的，是另一人。

兩禮拜前，蒙M女士和兩位曾經聽過我的講義的同學見訪，三面證明，知道在孤山者，確是別一「魯迅」。但M女士又給我看題在曼殊[3]師墳旁的四句詩：

我來君寂居，喚醒誰氏魂？

飄萍山林跡，待到它年隨公去。

魯迅遊杭　吊老友

曼殊句

一，一〇，十七年。」

我於是寫信去打聽寓杭的H君[4]，前天得到回信，說確有人見過這樣的一個人，就在城外教書，自說姓周，曾做一本《彷徨》，銷了八萬部，但自己不滿意，不遠將有更好的東西發表云云。

中國另有一個本姓周或不姓周，而要姓周，也名魯迅，我是毫沒法子的。但看他自敘，有大半和我一樣，卻有些使我為難。那首詩的不大高明，不必說了，而硬替人向曼殊說「待到它年隨公去」，也未免太專制。「去」呢，自然總有一天要「去」的，然而去「隨」曼殊，卻連我自己也夢裡都沒有想到過。但這還是小事情，尤其不敢當的，倒是什麼對別人預約「指導」之類……。

我自到上海以來，雖有幾種報上說我「要開書店」，或「遊了杭州」。其實我是書店也沒有開，杭州也沒有去，不過仍舊躲在樓上譯一點書。因為我不會拉車，也沒有學製無煙火藥，所以只好這樣用筆來混飯吃。因為這樣在混飯吃，於是忽被推為「前驅」，忽被擠為「落伍」[5]，那還可以說是自作自受，管他娘的去。但若再有一個「魯迅」，替我說教，代我題詩，而結果還要我一個人來擔負，那可真不能「有閒，有閒，第三個有閒」，連譯書的工夫也要沒有了。

所以這回再登一個啟事。要聲明的是：我之外，今年至少另外還有一個叫「魯迅」的在，但那些個「魯迅」的言動，和我也曾印過一本《彷徨》而沒有銷到八萬本的魯迅無干。

三月二十七日，在上海。

【注釋】

1 本篇最初發表於一九二八年四月二日《語絲》第四卷第十四期。

2 指馬湘影，當時上海法政大學的學生。《魯迅日記》一九二八年二月二十五日：「午得開明書店……轉交馬湘影信，即覆。」

3 蘇曼殊（一八八四—一九一八），名玄瑛，字子谷，出家後法號曼殊，廣東中山縣人，文學家。著作有《曼殊全集》。他的墳墓在杭州西湖孤山。

4 指許欽文，浙江紹興人，當時的青年作家。作品有小說集《故鄉》等。

5 高長虹在一九二六年八月號《新女性》所刊的「狂飆社廣告」中，說《狂飆》是「與思想界先驅者魯迅及少數最進步的青年合辦。」「落伍」，參看本書〈「醉眼」中的朦朧〉一文注2。

文藝與革命[1]

（來信）

魯迅先生：

在《新聞報》[2]的《學海》欄內，讀到你底一篇《文學和政治的歧途》的講演，解釋文學者和政治者之背離不合，其原因在政治者以得到目前的安寧為滿足，這滿足，在感覺銳敏的文學者看去，一樣是糊塗不徹底，表示失望，終於遭政治家之忌，潦倒一生，站不住腳。我覺得這是世界各國成為定例的事實。最近又在《語絲》上讀到《民眾主義和天才》[3]和你底《「醉眼」中的朦朧》兩篇文字，確實提醒了此刻現在做著似是而非的平凡主義和革命文學的迷夢的人們之朦朧不少，至少在我是這樣。

我相信文藝思潮無論變到怎樣，而藝術本身有無限的價值等級存在，這是不得否認的。這是說，文藝之流，從最初的什麼主義到現在的什麼主義，所寫著的內容，如何不同，而要有精刻熟練的才技，造成一篇優美無媲的文藝作品，終是一樣。

一條長江，上流和下流所呈現的形象，雖然不同，而長江還是一條長江。我們看它那下流的廣大深緩，足以灌田畝，駛巨舶，便忘記了給它形成這廣大深緩的來源，已覺糊塗到透頂。若再斷章取義，說：此刻現在，我們所要的是長江的下流，因為可以利用，增加我們的財富，上流的長江可以不要，有著簡直無用。這是完全以經濟價值去評斷長江本身整個的價值了。這種評斷，出於著眼在經濟價值的商人之口，不足為怪；出於著眼在藝術價值的文藝家之口，未免昏亂至於無可救藥了。因為拿藝術價值去評斷長江之上流，未始沒有意義，或竟比之下流較為自然奇偉，也未可知。

真與美是構成一件成功的藝術品的兩大要素。而構成這真與美至於最高等級，便是造成一件藝術品，使它含有最高級的藝術價值，那便非賴最高級的天才不可了。如果這個論斷可以否認，那末我們為什麼稱頌荷馬，但丁，莎士比亞和歌德呢？我們為什麼不能創造和他們同等的文藝作品呢，我們也有觀察現象的眼，有運用文思的腦，有握管伸紙的手？

在現在，離開人生說藝術，固然有躲在象牙塔裡忘記時代之嫌；而離開藝術說人生，那便是政治家和社會運動家的本相，他們無須談藝術了。由此說，熱心革命的人，盡可投入革命的群眾裡去，衝鋒也好，做後方的工作也好，何必拿文藝作那既穩當又革命的勾當？

我覺得許多提倡革命文學的所謂革命文藝家，也許是把表現人生這句話誤解了。他們也許以為十九世紀以來的文藝，所表現的都是現實的人生，在那裡面，含有顯著的時代精神。文藝家自驚醒了所謂「象牙之塔」的夢以後，都應該跟著時代環境奔走；離開時代而創造文藝，便是獨善主義或貴族主義的文藝了。他們看到易卜生之偉大，看到陀斯妥以夫斯基的深刻，尤其看到俄國革命時期內的作家葉遂寧和戈理基們的熱切動人；便以為現在此後的文藝家都須拿當時的生活現象來詛咒，刻劃，予社會以改造革命的機會，使文藝變為民眾的和革命的文藝。生在所謂「世紀末」的現代社會裡面的人，除非是神經麻木了的，未始不會感到苦悶和悲哀。

文藝家終比一般人感覺銳敏一點。擺在他們眼前的既是這麼一個社會，蘊在他們心中的當有怎麼一種情緒呢！他們有表現或刻劃的才技，他們便要如實地寫了出來，便無意地成為這時代的社會的呼聲了。然而他們還是忠於自己，忠於自己的藝術，忠於自己的情知。易卜生被稱頌為改革社會的先驅，陀思妥以夫斯基被稱為人道主義的極致者，還須賴他們自己特有的精妙的才技，經幾個真知灼見的批評者為之闡揚而後可。然而，真能懂得他們的藝術的，究竟還是少數。至於葉遂寧是碰死在自己的希望碑上不必說了，戈理基呢，聽人說，已有點灰色了。這且不說。便是以藝術本身而論，他何常不崇尚真切精到的才技？我曾看到他的一首譏笑那不切實的詩人的詩。況且我們以藝術價值去衡量他的作品，是否他已是了不得的作家了，究竟還是疑問呵。

實在說，文藝家是不會拋棄社會的，他們是站在民眾裡面的。有一位否認有條件的文藝批評者，對於泰奴（Taine）[4]的時間條件，認為不確，其理由是：文藝家是看前五十年。我想，看前五十年的文藝家，還是站在那時候，以那時候的生活環境做地盤而出發，所以他畢竟是那時候的民眾之一員，而能在朦朧平安中看出殘缺和破敗。他們便以熟練的才技，寫出這種殘缺和破敗，於藝術上達到高級的價值為止，在他們自己的能力範圍之內。在創造時，他們也許只顧到藝術的精細微妙，並沒想到如何激動民眾，予民眾以強烈的刺激，使他們血脈賁張，而從事於革命。

我們如果承認藝術有獨立的無限的價值，藝術家有完成藝術本身最終目的之必要，那末我們便不能而且不應該撇開藝術價值去指摘藝術家的態度，這和拿藝術家的現實行為去評斷他的藝術作品者一樣可笑。波特萊耳的詩並不因他的狂放而稍減其價值。淺薄者許要咒他為人群的蛇蠍，卻不知道他底厭棄人生，正是他的渴慕人生之反一面的表白。

我們平常譏刺一個人，還須觀察到他的深處，否則便見得浮薄可鄙。至於拿了自己的似是而非的標準，既沒有看到他的深處，又拋棄了衡量藝術價值的尺度，便無的放矢地攻刺一個忠於藝術的人，真的糊塗呢還是別有用意！這不過使我們覺到此刻現在的中國文藝界真不值一談，因為以批評成名而又是創造自許的所謂文藝家者，還是這樣地崇奉功利主義呵！

我——自然不是什麼文藝家——喜歡讀些高級的文藝作品，頗多古舊的東西，很有人說這是迷舊的時代擯棄者。他們告訴我，現在是民眾文藝當世了，嶄新的專為第四階級玩味的文藝當世了。我為之愕然者久之，便問他們：民眾文藝怎樣寫法？文藝家用什麼手段，使民眾都能玩味？現在民眾文藝已產生了若干部？革了命之後的民眾能夠賞識所謂民眾文藝者已有幾分之幾？莫非現在有許多新《三字經》，或新《神童詩》出版了麼？

我真不知民眾化的文藝如何化法，化在內容呢，那我們本有表現民眾生活的文藝了的；化在技藝上吧，那末一首國民革命歌盡夠充數了，你聽：「國民革命成功……齊歡唱……」多麼宏壯而明白呵！我們為什麼還要別的文藝？他們不能明確地回答，而我也糊塗到而今。此刻現在，才從《民眾主義與天才》一文裡得了答案，是：

「無論民眾藝術如何地主張藝術的普遍性或平等性，但藝術作品無論如何自有無限的價值等差，這個事實是不可否認的。所謂普遍性啦，平等性啦這一類話，意思不外乎是說藝術的內容是關於廣眾的民間生活或關於人生的普遍事象，而有這種內容的藝術，始可以供給一般民眾的玩味。藝術備有像這種意味的普遍性和平等性不待說是不可以否認的，然而藝術作品既有無限的價值等級存在。以上，那些比較高級的藝術品，好，就可以說多少能夠供給一般民眾的玩味，若要說一切人都能夠一樣的精細，一樣的深刻，一樣的微妙——換句話說，絕對平等的來玩味它，那無論如何是不得有的事實。」

記得有人說過這樣的話：最先進的思想只有站在最高層的先進的少數人能夠瞭解，等到這種思想透入群眾裡去的時候，已經不是先進的思想了。這些話，是告訴我們芸芸眾生，到底有一大部分感覺不敏的。世界上有這樣的不平等，除了詛咒造物的不公，我們還能怨誰呢？這是事實。如果不是事實，人類的演進史，可以一筆抹殺，而革命也不能發生了。世界文化的推進，全賴少數先覺之衝鋒陷陣，如果各個人的聰明才智，都是相等，文化也早就發達到極致了，世界也就大同了，所謂「螺旋式進行」一句話，還不是等於廢話？

藝術是文化的一部，文化有進退，藝術自不能除外。民眾化的藝術，以藝術本身有無限的價值等差來說，簡直不能成立。自然，借文藝以革命這夢囈，也終究是一種夢囈罷了！以上是我的意思，未知先生以為如何？

一九二八，三，二五，冬芬[5]。

（回信）

冬芬先生：

我不是批評家，因此也不是藝術家，因為現在要做一個什麼家，總非自己或熟人兼做批評不可，沒有一夥，是不行的，至少，在現在的上海灘上。因為並非藝術家，所以並不以為藝術特別崇高，正如自己不賣膏藥，便不來打拳贊藥一樣。我以為這不過是一種社會現象，是時代的人生記錄，人類如果進步，則無論他所寫的是外表，是內心，總要陳舊，以至滅亡的。不過近來的批評家，似乎很怕這兩個字，只想在文學上成仙。

各種主義的名稱的勃興，也是必然的現象。世界上時時有革命，自然會有革命文學。世界上的民眾很有些覺醒了，雖然有許多在受難，但也有多少占權，那自然也會有民眾文學——說得徹底一點，則第四階級文學。

中國的批評界怎樣的趨勢，我卻不大了然，也不很注意。就耳目所及，只覺得各專家所用的尺度非常多，有英國美國尺，有德國尺，有俄國尺，有日本尺，自然又有中國尺，或者兼用各種尺。有的說要真正，有的說要鬥爭，有的說要超時代[6]，有的躲在人背後說幾句短短的冷話。還有，是自己擺著文藝批評家的架子，而憎惡別人的鼓吹了創作。倘無創作，將批評什麼呢，這是我最所不能懂得他的心腸的。

別的此刻不談。現在所號稱革命文學家者，是鬥爭和所謂超時代。超時代其實就是逃避，倘自己沒有正視現實的勇氣，又要掛革命的招牌，便自覺地或不自覺地必然地要走入那一條路的。身在現世，怎麼離去？這是和說自己用手提著耳朵，就可以離開地球者一樣地欺人。社會停滯著，文藝決不能獨自飛躍，若在這停滯的社會裡居然滋長了，那倒是為這社會所容，已經離開革命，其結果，不過多賣幾本刊物，或在大商店的刊物上掙得揭載稿子的機會罷了。

鬥爭呢，我倒以為是對的。人被壓迫了，為什麼不鬥爭？正人君子者流深怕這一著，於是大罵「偏激」之可惡[7]，以為人人應該相愛，現在被一班壞東西教壞了。他們飽人大約是愛餓人的，但餓人卻不愛飽人，黃巢時候，人相食[8]，餓人尚且不愛餓人，這實在無須鬥爭文學作怪。我是不相信文藝的旋乾轉坤的力量的，但倘有人要在別方面應用他，我以為也可以。譬如「宣傳」就是。

美國的辛克來兒說：一切文藝是宣傳[9]。我們的革命的文學者曾經當作寶貝，用大字印出過；而嚴肅的批評家又說他是「淺薄的社會主義者」。但我——也淺薄——相信辛克來兒的話。一切文藝，是宣傳，只要你一給人看。即使個人主義的作品，一寫出，就有宣傳的可能，除非你不作文，不開口。那麼，用於革命，作為工具的一種，自然也可以的。

但我以為當先求內容的充實和技巧的上達，不必忙於掛招牌。「稻香村」「陸稿薦」[10]，已經不能打動人心了，「皇太后鞋店」的顧客，我看見也並不比「皇后鞋店」裡的多。一說「技巧」，革命文學家是又要討厭的。但我以為一切文藝固是宣傳，而一切宣傳卻並非全是文藝，這正如一切花皆有色（我將白也算作色），而凡顏色未必都是花一樣。革命之所以於口號，標語，布告，電報，教科書……之外，要用文藝者，就因為它是文藝。

但中國之所謂革命文學，似乎又作別論。招牌是掛了，卻只在吹噓同夥的文章，而對於目前的暴力和黑暗不敢正視。作品雖然也有些發表了，但往往是拙劣到連報章記事都不如；或則將劇本的動作辭句都推到演員的「昨日的文學家」[11]身上去。那麼，剩下來的思想的內容一定是很革命底了罷？我給你看兩句馮乃超的劇本的結末的警句：

「野雉：我再不怕黑暗了。

偷兒：我們反抗去！」

魯迅。四月四日。

【注釋】

1 本篇最初發表於一九二八年四月十六日《語絲》第四卷第十六期。

2 一八九三年二月十七日創刊於上海的日報，一九四九年五月二十七日停刊。一九二八年一月二十九日、三十日該報曾連載魯迅一九二七年十二月二十一日在上海暨南大學的講演《文藝與政治的歧途》（後收入《集外集》）。

3 《民眾主義和天才》日本作家金子筑水作，YS譯文載《語絲》第四卷第十期（一九二八年三月五日）。

4 泰奴（一八二八—一八九三），通譯泰納，法國文藝理論家。他認為：民族、環境、時代是決定文學藝術的三個重要因素。在他所著《藝術哲學》一書中充分發揮了這個論點。

5 即董秋芳（一八九七—一九七七），浙江紹興人，當時北京大學英文系學生。

6 當時革命文學運動中部分人提出的文學主張，如錢杏邨在《太陽月刊》一九二八年三月號發表的《死去了的阿Q時代》中說：「無論從那一國的文學去看，真正的時代的作家，他的著作沒有不顧及時代的，沒有不代表時代的。超越時代的這一點精神就是時代作家的唯一生命！」並批評魯迅的著作「沒有超越時代」。

7 指新月社中人。他們在《新月》月刊創刊號（一九二八年三月）的發刊詞《「新月」的態度》中，攻擊革命文學「偏激」，是他們的「態度所不容的」。又說：「我們不崇拜任何的偏激因為我們相信社會的紀綱是靠著積極的情感來維繫的，在一個常態社會的天平上，情愛的分量一定超過仇恨的分量，互助的精神一定超過互害與互殺的動機。」

8 黃巢（八三五—八八四），曹州冤句（今山東菏澤）人，唐末農民起義領袖。曾建立大齊政權。據新、舊《唐書・黃巢傳》記載，中和三年（八八三）他率起義軍退出長安（今西安），途中受敵人圍困，糧食匱乏，起義軍曾「俘人而食」。

9 即辛克萊，在《拜金藝術（藝術之經濟學的研究）》一書中曾說：「一切的藝術是宣傳」。《文化批判》第二號（一九二八年二月）刊載馮乃超的譯文時，將這句話用大號字標出。

10 過去上海等大城市有名的食品店和肉食店牌號。

11 馮乃超在獨幕話劇《同在黑暗的路上走》（一九二八年一月《文化批判》第一號）的「附識」中說：「戲曲的本質應該在人物的動作上面去求，洗練的會話，深刻的事實，那些工作讓給昨日的文學家去努力吧。」篇末所引就是這個劇本中的對話。

扁[1]

中國文藝界上可怕的現象，是在盡先輸入名詞，而並不介紹這名詞的涵義。

於是各各以意為之。看見作品上多講自己，便稱之為表現主義；多講別人，是寫實主義；見女郎小腿肚作詩，是浪漫主義；見女郎小腿肚不准作詩，是古典主義；天上掉下一顆頭，頭上站著一頭牛，噯呀，海中央的青霹靂呀……是未來主義……等等。

還要由此生出議論來。這個主義好，那個主義壞……等等。

鄉間一向有一個笑談：兩位近視眼要比眼力，無可質證，便約定到關帝廟去看這一天新掛的扁額。他們都先從漆匠探得字句。但因為探來的詳略不同，只知道大字的那一個便不服，爭執起來了，說看見小字的人是說謊的。又無可質證，只好一同探問一個過路的人。那人望了一望，回答道：「什麼也沒有。扁還沒有掛哩。」[2]

我想，在文藝批評上要比眼力，也總得先有那塊扁額掛起來才行。空空洞洞的爭，實在只有兩面自己心裡明白。四月十日。

【注釋】

1 本篇最初發表於一九二八年四月二十三日《語絲》第四卷第十七期「隨感錄」欄。

2 這個笑話，在清代崔述的《考信錄提要》中有記載。

路[1]

又記起了Gogol[2]做的《巡按使》的故事：

中國也譯出過的。一個鄉間忽然紛傳皇帝使者要來私訪了，官員們都很恐怖，在客棧裡尋到一個疑似的人，便硬拉來奉承了一通。等到奉承十足之後，那人跑了，而聽說使者真到了，全台演了一個啞口無言劇收場。

上海的文界今年是恭迎無產階級文學使者，沸沸揚揚，說是要來了。問問黃包車夫，車夫說並未派遣。這車夫的本階級意識形態不行，早被別階級弄歪曲了罷。另外有人把握著，但不一定是工人。於是只好在大屋子裡尋，在客店裡尋，在洋人家裡尋，在書鋪子裡尋，在咖啡館裡尋……。

文藝家的眼光要超時代，所以到否雖不可知，也須先行擁篲清道，或者傴僂奉迎。於是做人便難起來，口頭不說「無產」便是「非革命」，還好；「非革命」即是「反革命」，可就險了。這真要沒有出路。

現在的人間也還是「大王好見，小鬼難當」的處所。出路是有的。何以無呢？只因多鬼祟，他們將一切路都要糟蹋了。這些都不要，才是出路。自己坦坦白白，聲明了因為沒法子，只好暫在炮屁股上掛一掛招牌，倒也是出路的萌芽。

「地火在地下運行，奔突；熔岩一旦噴出，將燒盡一切野草，以及喬木，於是並且無可朽腐。

「但我坦然，欣然。我將大笑，我將歌唱。」（《野草》序）

還只說說，而革命文學家似乎不敢看見了，如果因此覺得沒有了出路，那可實在是很可憐，令我也有些不忍再動筆了。

四月十日。

【注釋】

1 本篇最初發表於一九二八年四月二十三日《語絲》第四卷第十七期。

2 果戈里（一八〇九—一八五二），俄國作家。著有長篇小說《死魂靈》、喜劇《欽差大臣》（即《巡按使》）等。

頭[1]

三月二十五日的《申報》[2]上有一篇梁實秋[3]教授的《關於盧騷》，以為引辛克來兒的話來攻擊白璧德[4]，是「借刀殺人」，「不一定是好方法」。至於他之攻擊盧騷[5]，理由之二，則在「盧騷個人不道德的行為，已然成為一般浪漫文人行為之標類的代表，對於盧騷的道德的攻擊，可以說即是給一般浪漫的人的行為的攻擊。……」

那麼，這雖然並非「借刀殺人」，卻成了「借頭示眾」了。假使他沒有成為「一般浪漫文人行為之標類的代表」，就不至於路遠迢迢，將他的頭掛給中國人看。一般浪漫文人，總算害了遙拜的祖師，給了他一個死後也不安靜。他現在所受的罰，是因為影響罪，不是本罪了，可嘆也夫！

以上的話不大「謹飭」，因為梁教授不過要筆伐，並未說須掛盧騷的頭，說到掛頭，是我看了今天《申報》上載湖南共產黨郭亮「伏誅」後，將他的頭掛來掛去，「遍歷長岳」[6]，偶然拉扯上去的。可惜湖南當局，竟沒有寫了列寧（或者溯而上之，到馬克斯；或者更溯而上之，到黑格爾等等）的道德上的罪狀，一同張貼，以正其影響之罪也。湖南似乎太缺少批評家。

記得《三國志演義》[7]記袁術（？）死後，後人有詩嘆道：「長揖橫刀出，將軍蓋代雄，頭顱行萬里，失計殺田豐。」[8]當三個有閒之暇，也活剝一首來悼盧騷：

「脫帽懷鉛[9]出，先生蓋代窮。頭顱行萬里，失計造兒童。[10]」

四月十日。

【注釋】

1 本篇最初發表於一九二八年四月二十三日《語絲》第四卷第十七期。

2 我國歷史最久的資產階級報紙，一八七二年四月三十日創刊於上海，一九四九年五月二十六日停刊。

3 梁實秋，浙江杭縣（今餘杭）人，新月社主要成員，他經常宣傳白璧德的新人文主義理論。

4 白璧德（I.Babbitt，一八六五—一九三三），美國近代新人文主義的領導者之一，他的理論的核心是資產階級人性論，鼓吹所謂人性的均衡，提倡個人克制及所謂道德準則。他反對浪漫主義，主張復活歐洲古典文藝。主要著作有《新拉奧孔》、《盧梭與浪漫主義》、《民主和領導》等。

5 盧騷（Jean-Jacques Rousseau，一七一二—一七七八），通譯盧梭，法國啟蒙思想家。著有《民約論》、《愛彌兒》、《懺悔錄》等。

6 郭亮（一九〇一—一九二八），湖南長沙人，湖南工人運動領導人之一。歷任湖南省總工會委員長，中共湖南省委書記、湘鄂贛邊區特委書記等職。一九二八年三月二十七日在岳陽被國民黨反動派逮捕，二十九日在長沙壯烈犧牲。《申報》四月十日刊載的《郭亮在湘伏誅續聞》中說：「郭亮首級之轉運、郭首用木籠裝置、懸在司門口者數日矣、茲鐘共法院、因郭係銅官人、在該地作惡更多、特於昨日將郭首運往銅官、示眾三日、期滿再解往岳州示眾、是郭之首級、將遍歷長岳矣。」

7 即《三國演義》，長篇歷史小說，元末明初羅貫中作，通行本為一百二十回。這裡袁術應為袁紹。該書第三十、三十一回寫有袁紹殺田豐的事：田豐為袁紹謀士，曾勸阻袁暫不攻打曹操，袁認為他沮喪軍心，把他殺了，結果被曹操打敗；他的兒子袁熙、袁尚投奔遼東軍閥公孫康。相見時袁尚要求榻上鋪席，公孫康叱道：「汝二人之頭將行萬里！何席之有？」便命左右砍下他們的頭，使人送給在易州的曹操。

8 清代王士禛作的《詠史小樂府三十首·殺田豐》（見《帶經堂全集·乙巳稿》）。第二句中的蓋，原作一。「長揖橫刀出」，語出《後漢書·袁紹傳》：東漢獻帝時，董卓欲謀廢立，袁紹反對，董卓「復言『劉氏種不足復遺』。紹勃然曰：『天下健者，豈唯董公！』橫刀長揖徑出，懸節於上東門，而奔冀州。」

9 我國古代書寫工具之一。晉代葛洪撰的《西京雜記》載有漢代揚雄「懷鉛提槧」，到處搜求方言的故事。

10 盧梭於一七六二年出版教育小說《愛彌兒》，提倡兒童身心的自由發展，批判封建貴族和教會的教育制度。當時法國的反動當局曾為此下令焚毀該書並逮捕作者，盧梭被迫逃往瑞士、英國等地，直到一七七〇年才重返巴黎。

通信[1]

（來信）

魯迅先生：

精神和肉體，已被困到這般地步——怕無以復加，也不能形容——的我，不得不撐了病體向「你老」作最後的呼聲了！——不，或者說求救，甚而是警告！

好在你自己也極明白：你是在給別人安排酒筵，「炮製醉蝦」[2]的一個人。我，就是其間被製的一個！

我，本來是個小資產階級裡的驕子，溫鄉裡的香花。有吃有著，盡可安閒地過活。只要夢想著的「方帽子」到手了也就滿足，委實一無他求。

《吶喊》出版了，《語絲》發行了（可憐《新青年》時代，我尚看不懂呢），《說鬍鬚》，《論照相之類》一篇篇連續地戟刺著我的神經。當時，自己雖是青年中之尤青者，然而因此就感到同伴們的淺薄和盲目。

「革命！革命！」的叫賣，在馬路上吶喊得洋溢，隨了所謂革命的勢力，也奔騰澎湃了。我，確竟被其吸引。當然也因我嫌棄青年的淺薄，且想在自己生命上找一條出路。那知竟又被我認識了人類的欺詐，虛偽，陰險……的本性！果然，不久，軍閥和政客們棄了身上的蒙皮，而顯出本來的猙獰面目！我呢，也隨了所謂「清黨」之聲而把我一顆沸騰著的熱烈的心清去。

當時想：「素以敦厚誠樸」的第四階級，和那些「遁世之士」的「居士」們，或許尚足為友吧？——唉，真的，「令弟」豈明先生說得是：「中國雖然有階級，可是思想是相同的，都是升官發財」[3]，而且我幾疑置身在紀元前的社會裡了，那種愚蠢比鹿豕還要愚蠢的言動（或者國粹家正以為這是國粹呢！），真不禁令我茫然——茫然於叫我究竟怎麼辦呢？

利，莫利於失望之矢。我失望，失望之矢貫穿了我的心，於是乎吐血。轉輾床上不能動已幾個月！

不錯，沒有希望之人應該死，然而我沒有勇氣，而且自己還年輕，僅僅廿一歲。還有愛人。不死，則精神和肉體，都在痛苦中挨生活，差不多每秒鐘。愛人亦被生活所壓迫著。我自己，薄薄的遺產已被「革命」革去了。所以非但不能相慰，相對亦徒唏噓！

不識不知幸福了，我因之痛苦。然而施這毒藥者是先生，我實完全被先生所「炮製」。先生，我既已被引至此，索性請你指示我所應走的最終的道路。不然，則請你麻痹了我的神經，因為不識不知是幸福的，好在你是習醫，想必不難「還我頭來」！我將效梁遇春[4]先生（？）之言而大呼。

末了，更勸告你的：「你老」現在可以歇歇了，再不必為軍閥們提製適口的鮮味，保全幾個像我這樣的青年。倘為生活問題所驅策，則可以多做些「擁護」和「打倒」的文章，以你先生之文名，正不愁富貴之不及，「委員」「主任」，如操左券也。

快呀，請指示我！莫要「為德不卒」！

或《北新》，或《語絲》上答覆均可。能免，莫把此信刊出，免笑。

原諒我寫得草率，因病中，乏極！

一個被你毒害的青年Y。枕上書。三月十三日。

（回信）

Y先生：

我當答覆之前，先要向你告罪，因為我不能如你的所囑，不將來信發表。來信的意思，是要我公開答覆的，那麼，倘將原信藏下，則我的一切所說，便變成「無題詩N百韻」，令人莫名其妙了。況且我的意見，以為這也不足恥笑。自然，中國很有為革命而死掉的人，也很有雖然吃苦，仍在革命的人，但也有雖然革命，而在享福的人……。革命而尚不死，當然不能算革命到底，殊無以對死者，但一切活著的人，該能原諒的罷，彼此都不過是靠僥倖，或靠狡滑，巧妙。他們只要用鏡子略略一照，大概就可以收起那一副英雄嘴臉來的。

我在先前，本來也還無須賣文糊口的，拿筆的開始，是在應朋友的要求。

不過大約心裡原也藏著一點不平，因此動起筆來，每不免露些憤言激語，近於鼓動青年的樣子。段祺瑞[5]執政之際，雖頗有人造了謠言，但我敢說，我們所做的那些東西，決不沾別國的半個盧布，闊人的一文津貼，或者書鋪的一點稿費。我也不想充「文學家」，所以也從不連絡一班同夥的批評家叫好。幾本小說銷到上萬，是我想也沒有想到的。

至於希望中國有改革，有變動之心，那的確是有一點的。雖然有人指定我為沒有出路——哈哈，出路，中狀元麼——的作者，「毒筆」的文人，但我自信並未抹殺一切。我總以為下等人勝於上等人，青年勝於老頭子，所以從前並未將我的筆尖的血，灑到他們身上去。我也知道一有利害關係的時候，他們往往也就和上等人老頭子差不多了，然而這是在這樣的社會組織之下，勢所必至的事。對於他們，攻擊的人又正多，我何必再來助人下石呢，所以我所揭發的黑暗是只有一方面的，本意實在並不在欺蒙閱讀的青年。

以上是我尚在北京，就是成仿吾所謂「蒙在鼓裡」做小資產階級時候的事。但還是因為行文不慎，飯碗敲破了，並且非走不可了，所以不待「無煙火藥」來轟，便輾轉跑到了「革命策源地」。住了兩月，我就駭然，原來往日所聞，全是謠言，這地方，卻正是軍人和商人所主宰的國土。於是接著是清黨，詳細的事實，報章上是不大見的，只有些風聞。我正有些神經過敏，於是覺得正像是「聚而殲旃」[6]，很不免哀痛。雖然明知道這是「淺薄的人道主義」[7]，不時髦已經有兩三年了，但因為小資產階級根性未除，於心總是戚戚。那時我就想到我恐怕也是安排筵宴的一個人，就在答有恆先生的信中，表白了幾句。

先前的我的言論，的確失敗了，這還是因為我料事之不明。那原因，大約就在多年「坐在玻璃窗下，醉眼朦朧看人生」的緣故。然而那麼風雲變幻的事，恐怕世界上是不多有的，我沒有料到，未曾描寫，可見我還不很有「毒筆」。但是，那時的情形，卻連在十字街頭，在民間，在官間，前看五十年的超時代的革命文學家也似乎沒有看到，所以毫不先行「理論鬥爭」。否則，該可以救出許多人的罷。我在這裡引出革命文學家來，並非要在事後譏笑他們的愚昧，不過是說，我的看不到後來的變幻，乃是我還欠刻毒，因此便發生錯誤，並非我和什麼人協商，或自己要做什麼，立意來欺人。

但立意怎樣，於事實是無干的。我疑心吃苦的人們中，或不免有看了我的文章，受了刺戟，於是挺身出而革命的青年，所以實在很苦痛。但這也因為我天生的不是革命家的緣故，倘是革命鉅子，看這一點犧牲，是不算一回事的。第一是自己活著，能永遠做指導，因為沒有指導，革命便不成功了。你看革命文學家，就都在上海租界左近，一有風吹草動，就有洋鬼子造成的鐵絲網，將反革命文學的華界隔離，於是從那裡面擲出無煙火藥——約十萬兩——來，轟然一聲，一切有閒階級便都「奧伏赫變」了。

那些革命文學家，大抵是今年發生的，有一大串。雖然還在互相標榜，或互相排斥，我也分不清是「革命已經成功」的文學家呢，還是「革命尚未成功」的文學家。不過似乎說是因為有了我的一本《吶喊》或《野草》，或我們印了《語絲》，所以革命還未成功，或青年懶於革命了。這口吻卻大家大略一致的。這是今年革命文學界的輿論。

對於這些輿論，我雖然又好氣又好笑，但也頗有些高興。因為雖然得了延誤革命的罪狀，而一面卻免去誘殺青年的內疚了。那麼，一切死者，傷者，吃苦者，都和我無關。先前真是擅負責任。我先前是立意要不講演，不教書，不發議論，使我的名字從社會上死去，算是我的贖罪的，今年倒心裡輕鬆了，又有些想活動。不料得了你的信，卻又使我的心沉重起來。

但我已經沒有去年那麼沉重。近大半年來，征之輿論，按之經驗，知道革命與否，還在其人，不在文章的。你說我毒害了你了，但這裡的批評家，卻明明說我的文字是「非革命」的。假使文學足以移人，則他們看了我的文章，應該不想做革命文學了，現在他們已經看了我的文章，斷定是「非革命」，而仍不灰心，要做革命文學者，可見文字於人，實在沒有什麼影響，——只可惜是同時打破了革命文學的牌坊。不過先生和我素昧平生，想來決不至於誣栽我，所以我再從別一面來想一想。

第一，我以為你膽子太大了，別的革命文學家，因為我描寫黑暗，便嚇得屁滾尿流，以為沒有出路了，所以他們一定要講最後的勝利，付多少錢終得多少利，像人壽保險公司一般。而你並不計較這些，偏要向黑暗進攻，這是吃苦的原因之一。既然太大膽，那麼，第二，就是太認真。革命是也有種種的。你的遺產被革去了，但也有將遺產革來的，但也有連性命都革去的，也有只革到薪水，革到稿費，而倒掮了革命家的頭銜的。這些英雄，自然是認真的，但若較原先更有損了，則我以為其病根就在「太」。第三，是你還以為前途太光明，所以一碰釘子，便大失望，如果先前不期必勝，則即使失敗，苦痛恐怕會小得多罷。

那麼，我沒有罪戾麼？有的，現在正有許多正人君子和革命文學家，用明槍暗箭，在辨我革命及不革命之罪，將來我所受的傷的總計，我就劃一部分賠償你的尊「頭」。

這裡添一點考據：「還我頭來」這話，據《三國志演義》，是關雲長夫子說的，似乎並非梁遇春先生。

以上其實都是空話。一到先生個人問題的陣營，倒是十分難於動手了，這決不是什麼「前進呀，殺呀，青年呵」那樣英氣勃勃的文字所能解決的。真話呢，我也不想公開，因為現在還是言行不大一致的好。但來信沒有住址，無法答覆，只得在這裡說幾句。

第一，要謀生，謀生之道，則不擇手段。且住，現在很有些沒分曉漢，以為「問目的不問手段」是共產黨的口訣，這是大錯的。人們這樣的很多，不過他們不肯說出口。蘇俄的學藝教育人民委員盧那卡爾斯基[8]所作的《被解放的吉訶德先生》裡，將這手段使一個公爵使用，可見也是貴族的東西，堂皇冠冕。

第二，要愛護愛人。這據輿論，是大背革命之道的。但不要緊，你只要做幾篇革命文字，主張革命青年不該講戀愛就好了。只是假如有一個有權者或什麼敵前來問罪的時候，這也許仍要算一條罪狀，你會後悔輕信了我的話。因此，我得先行聲明：等到前來問罪的時候，倘沒有這一節，他們就會找別一條的。蓋天下的事，往往決計問罪在先，而搜集罪狀（普通是十條）在後也。

先生，我將這樣的話寫出，可以略蔽我的過錯了罷。因為只這一點，我便可以又受許多傷。先是革命文學家就要哭罵道：「虛無主義者呀，你這壞東西呀！」嗚呼，一不謹慎，又在新英雄的鼻子上抹了一點粉了。趁便先辯幾句罷：無須大驚小怪，這不過不擇手段的手段，還不是主義哩。即使是主義，我敢寫出，肯寫出，還不算壞東西。等到我壞起來，就一定將這些寶貝放在肚子裡，手頭集許多錢，住在安全地帶，而主張別人必須做犧牲。

先生，我也勸你暫時玩玩罷，隨便弄一點糊口之計，不過我並不希望你永久「沒落」，有能改革之處，還是隨時可以順手改革的，無論大小。我也一定遵命，不但「歇歇」，而且玩玩。但這也並非因為你的警告，實在是原有此意的了。我要更加講趣味，尋閒暇，即使偶然涉及什麼，那是文字上的疏忽，若論「動機」或「良心」，卻也許並不這樣的。

紙完了，回信也即此為止。並且順頌

痊安，又祝

令愛人不挨餓。

魯迅。四月十日。

【注釋】

1 本篇最初發表於一九二八年四月二十三日《語絲》第四卷第十七期。

2 這是魯迅在《答有恒先生》（收入《而已集》）一文中說過的話。

3 這裡所引豈明（周作人）的話，見他在《語絲》第四卷第九期（一九二八年二月二十七日）發表的《爆竹》：「事實上中國有『有產』與『無產』這兩類，而其思想感情實無差別，有產者在升官發財中而希望更升更發者也，無產者希望將來升官發財者也，故生活上有兩階級，思想上只有一階級；即為升官發財之思想。」

4 這是《三國志演義》中關雲長說的話。關雲長在荊州戰敗，夜走麥城被殺，吳兵割下他的首級後仍「陰魂不散」，到玉泉山向普靜和尚訴冤，大呼「還我頭來」（見該書第七十七回）。梁遇春（一九〇一－一九三二），福建福州人，當時的青年作家。他在一篇題為《「還我頭來」及其他》（載一九二七年八月《語絲》第一四六期）的文章中曾引用過這個典故。

5 段祺瑞（一八六四－一九三六）安徽合肥人，北洋皖系軍閥首領。袁世凱死後，在日本帝國主義支持下，幾次把持北洋政府。一九二四年至一九二六年被推為北洋政府「臨時執政」。

6 語見《左傳》襄公二十八年。旃，助詞，意為「之焉」。

7 鄭伯奇於一九二三年底和一九二四年初在《創造週報》第三十三至三十五期上連載《國民文學論》，其中批評五四新文學運動和「平民文學」的提倡者說：「國民意識未經喚醒，國民精神情未經燃著的新文學家，對於一般國民的生活依然不起研究的興味。結果只生出了幾篇淺薄的人道主義的作品，新文學運動的第一期就閉幕了。」

8 盧那卡爾斯基（一八七五—一九三三）蘇聯文藝評論家。曾任蘇聯第一任教育人民委員部的人民委員（部長）。著有《藝術與革命》、《實證美學的基礎》和劇本《被解放的吉訶德先生》等。魯迅曾翻譯過他的《藝術論》，一九二九年六月上海大江書鋪出版。

太平歌訣[1]

四月六日的《申報》上有這樣的一段記事：

「南京市近日忽發現一種無稽謠傳，謂總理墓行將工竣，石匠有攝收幼童靈魂，以合龍口之舉。市民以訛傳訛，自相驚擾，因而家家幼童，左肩各懸紅布一方，上書歌訣四句，借避危險。其歌訣約有三種：（一）人來叫我魂，自叫自當承。叫人叫不著，自己頂石墳。（二）石叫石和尚，自叫自承當。急早回家轉，免去頂墳壇。（三）你

造中山墓，與我何相干？一叫魂不去，再叫自承當。」（後略）

這三首中的無論那一首，雖只寥寥二十字，但將市民的見解：對於革命政府的關係，對於革命者的感情，都已經寫得淋漓盡致。雖有善於暴露社會黑暗面的文學家，恐怕也難有做到這麼簡明深切的了。「叫人叫不著，自己頂石墳」。則竟包括了許多革命者的傳記和一部中國革命的歷史。

看看有些人們的文字，似乎硬要說現在是「黎明之前」。然而市民是這樣的市民，黎明也好，黃昏也好，革命者們總不能不背著這一夥市民進行。雞肋[2]，棄之不甘，食之無味，就要這樣地牽纏下去。五十一百年後能否就有出路，是毫無把握的。

近來的革命文學家往往特別畏懼黑暗，掩藏黑暗，但市民卻毫不客氣，自己表現了。那小巧的機靈和這厚重的麻木相撞，便使革命文學家不敢正視社會現象，變成婆婆媽媽，歡迎喜鵲，憎厭梟鳴，只檢一點吉祥之兆來陶醉自己，於是就算超出了時代。

恭喜的英雄，你前去罷，被遺棄了的現實的現代，在後面恭送你的行旌。

但其實還是同在。你不過閉了眼睛。不過眼睛一閉，「頂石墳」卻可以不至於了，這就是你的「最後的勝利」。

四月十日。

【注釋】

1 本篇最初發表於一九二八年四月三十日《語絲》第四卷第十八期。

2 語見《三國志．魏書．武帝紀》裴松之注引《九州春秋》：建安二十四年（二一九）三月，曹操自長安出斜谷，兵臨漢中，和劉備軍隊相持不下，打算退兵，「出令曰『雞肋』，官屬不知所謂。主簿楊修便自嚴裝，人驚問修：『何以知之』？修曰：『夫雞肋，棄之如可惜，食之無所得，以比漢中，知王（曹操）欲還也。』」

鏟共大觀[1]

仍是四月六日的《申報》上，又有一段《長沙通信》[2]，敘湘省破獲共產黨省委會，「處死刑者三十餘人，黃花節斬決八名」。其中有幾處文筆做得極好，抄一點在下面：

「……是日執行之後，因馬（淑純，十六歲；志純，十四歲）傅（鳳君，二十四歲）三犯，係屬女性，全城男女往觀者，終日人山人海，擁擠不通。加以共魁郭亮之首級，又懸之司門口示眾，往觀者更眾。司門口八角亭一帶，交通為之斷絕。計南門一帶民眾，則看郭亮首級後，又赴教育會看女屍。北門一帶民眾，則在教育會看女屍後，又往司門口看郭首級。全城擾攘，鑵共空氣，為之驟張；直至晚間，觀者始不似日間之擁擠。」

抄完之後，覺得頗不妥。因為我就想發一點議論，然而立刻又想到恐怕一面有人疑心我在冷嘲（有人說，我是只喜歡冷嘲的），一面又有人責罰我傳播黑暗，因此咒我滅亡，自己帶著一切黑暗到地底裡去。但我熬不住，——別的議論就少發一點罷，單從「為藝術的藝術」[3]說起來，你看這不過一百五六十字的文章，就多麼有力。我一讀，便彷彿看見司門口掛著一顆頭，教育會前列著三具不連頭的女屍。而且至少是赤膊的，——但這也許我猜得不對，是我自己太黑暗之故。而許多「民眾」，一批是由北往南，一批是由南往北，擠著，嚷著……。再添一點蛇足，是臉上都表現著或者正在神往，或者已經滿足的神情。

在我所見的「革命文學」或「寫實文學」中，還沒有遇到過這麼強有力的文學。批評家羅喀綏夫斯奇說的罷：「安特列夫竭力要我們恐怖，我們卻並不怕；契訶夫不這樣，我們倒恐怖了。」[4]這百餘字實在抵得上小說一大堆，何況又是事實。

且住。再說下去，恐怕有些英雄們又要責我散佈黑暗，阻礙革命了。一理是也有一理的，現在易犯嫌疑，忠實同志被誤解為共黨，或關或釋的，報上向來常見。萬一不幸，沉冤莫白，那真是……。倘使常常提起這些來，也許未免會短壯士之氣。但是，革命被頭掛退的事是很少有的，革命的完結，大概只由於投機者的潛入。也就是內裡蛀空。這並非指赤化，任何主義的革命都如此。但不是正因為黑暗，正因為沒有出路，所以要革命的麼？倘必須前面貼著「光明」和「出路」的包票，這才雄赳赳地去革命，那就不但不是革命者，簡直連投機家都不如了。雖是投機，成敗之數也不能預卜的。

我臨末還要揭出一點黑暗，是我們中國現在（現在！不是超時代的）的民眾，其實還不很管什麼黨，只要看「頭」和「女屍」。只要有，無論誰的都有人看，拳匪之亂，清末黨獄[5]，民二[6]，去年和今年，在這短短的二十年中，我已經目睹或耳聞了好幾次了。

四月十日。

【注釋】

1 本篇最初發表於一九二八年四月三十日《語絲》第四卷第十八期。

2 《申報》的這則通訊題為《湘省共產黨省委會破獲》，下面的兩句引語是它的副題。

3 最早由十九世紀法國作家戈蒂葉提出的一種資產階級文藝觀點（見小說《莫班小姐》序）。它認為藝術應該超越一切功利而存在，創作的目的在於藝術本身，與社會政治無關。創造社早期也曾提過這類主張。

4 羅喀綏夫斯奇（一八七四－一九三〇）現譯羅加切夫斯基，蘇聯文學史家，他在一九二五年出版的《當代俄羅斯文學．契訶夫與新的道路》中說：「托爾斯泰批評安特列夫道：『他想嚇我，然而並不怕』，那麼關於契訶夫，我們卻可以相反地說，『他不嚇我們，然而很怕人』。」

5 指清政府對革命黨人的迫害，如囚禁章太炎、鄒容，殺害秋瑾、徐錫麟等。

6 民國二年（一九一三），孫中山領導廣東、江西、安徽等省討伐袁世凱，在此前後，袁世凱殺害了許多革命者。

我的態度氣量和年紀[1]

英勇的刊物是層出不窮，「文藝的分野」[2]上的確熱鬧起來了。日報廣告上的《戰線》這名目就惹人注意，一看便知道其中都是戰士。承蒙一個朋友寄給我三本，才得看見了一點槍煙，並且明白弱水[3]做的《談中國現在的文學界》裡的有一粒彈子，是瞄準著我的。

為什麼呢？因為先是《「醉眼」中的朦朧》做錯了。據說錯處有三：一是態度，二是氣量，三是年紀。復述易於失真，還是將這粒子彈移置在下面罷：

「魯迅那篇，不敬得很，態度太不興了。我們從他先後的論戰上看來，不能不說他的量氣太窄了。最先（據所知）他和西瀅戰，繼和長虹戰[4]，我們一方面覺得正直是在他這面，一方面又覺得辭鋒太有點尖酸刻薄，現在又和創造社戰，辭鋒仍是尖酸，正直卻不一定落在他這面。

是的，仿吾和初梨兩人對他的批評是可以有反駁的地方，但這應莊嚴出之，因為他們所走的方向不能算不對，冷嘲熱刺，只有對於冥頑不靈者為必要，因為是不可理喻。

對於熱烈猛進的絕對不合用這種態度。他那種態度，雖然在他自己亦許覺得罵得痛快，但那種口吻，適足表出『老頭子』的確不行吧了。好吧，這事本該是沒有勉強的必要和可能，讓各人走各人的路去好了。我們不禁想起了五四時的林琴南[5]先生了！」

這一段雖然並不涉及是非，只在態度，量氣，口吻上，斷定這「老頭子的確不行」，從此又自然而然地抹殺我那篇文字，但粗粗一看，卻很像第三者從旁的批評。從我看來，「尖酸刻薄」之處也不少，作者大概是青年，不會有「老頭子」氣的，這恐怕因為我「冥頑不靈」，不得已而用之的罷，或者便是自己不覺得。

不過我要指摘，這位隱姓埋名的弱水先生，其實是創造社那一面的。我並非說，這些戰士，大概是創造社裡常見他的腳蹤，或在藝術大學[6]裡兼有一隻飯碗，不過指明他們是相同的氣類。因此，所謂《戰線》，也仍不過是創造社的戰線。所以我和西瀅長虹戰，他雖然看見正直，卻一聲不響，今和創造社戰，便只看見尖酸，忽然顯戰士身而出現了。其實所斷定的先兩回的我的「正直」，也還是死了已經兩千多年了的老頭子老聃[7]先師的「將欲取之必先與之」的戰略，我並不感服這類的公評。陳西瀅也知道這種戰法的，他因為要打倒我的短評，便稱讚我的小說，以見他之公正[8]。

即使真以為先兩回是正直在我這面的罷，也還是因為這位弱水先生是不和他們同系，同社，同派，同流……。從他們那一面看來，事情可就兩樣了。我「和西瀅戰」了以後，現代系的唐有壬曾說《語絲》的言論，是受了墨斯科的命令[9]；「和長虹戰」了以後，狂飆派的常燕生曾說《狂飆》的停版，也許因為我的陰謀。[10]但除了我們兩方以外，恐怕不大有人注意或記得了罷。事不干己，是很容易滑過去的。

這次對於創造社，是的，「不敬得很」，未免有些不「莊嚴」；即使在我以為是直道而行，他們也仍可認為「尖酸刻薄」。於是「論戰」便變成「態度戰」，「量氣戰」，「年齡戰」了。但成仿吾輩的對我的「態度」，戰士們雖然不屑留心到，在我本身是明白的。我有兄弟，自以為算不得就是我「不可理喻」，而這位批評家於《吶喊》出版時，即加以譏刺道：「這回由令弟編了出來，真是好看得多了」。[11]

這傳統直到五年之後，再見於馮乃超的論文，說是「無聊賴地跟他弟弟說幾句人道主義的美麗的說話」[12]。我的主張如何且不論，即使相同，何以說話相同便是「無聊賴地」？莫非一有「弟弟」，就必須反對，一個講革命，一個即該講保皇，一個學地理，一個就得學天文麼？還有，我合印一年的雜感為《華蓋集》，另印先前所鈔的小說史料為《小說舊聞鈔》，是並不相干的。這位成仿吾先生卻加以編排道：「我們的魯迅先生坐在華蓋之下正在抄他的『小說舊聞』。[13]」

這使李初梨很高興，今年又抄在《文化批判》裡，還樂得不可開交道，「他（成仿吾）這段文章，比『趣味文學』還更有趣些。」[14]但是還不夠，他們因為我生在紹興，紹興出酒，便說「醉眼陶然」；因為我年紀比他們大了，便說「老生」，還要加注道：「若許我用文學的表現。」

而這一個「老」的錯處，還給《戰線》上的弱水先生作為「的確不行」的根源。我自信對於創造社，還不至於用了他們的籍貫，家族，年紀，來作奚落的資料，不過今年偶然做了一篇文章，其中第一次指摘了他們文字裡的矛盾和笑話而已。但是「態度」問題來了，「量氣」問題也來了，連戰士也以為尖酸刻薄。莫非必須我學革命文學家所指為「卑污」的托爾斯泰，毫無抵抗，或者上一呈文：「小資產階級或有產階級臣魯迅誠惶誠恐謹呈革命的『印貼利更追亞』[15]老爺麾下」，這才不至於「的確不行」麼？

至於我是「老頭子」，卻的確是我的不行。「和長虹戰」的時候，他也曾指出我這一條大錯處，此外還嘲笑我的生病[16]。而且也是真的，我的確生過病，這回弱水這一位「小頭子」對於這一節沒有話說，可見有些青年究竟還懷著純樸的心，很是厚道的。所以他將「冷嘲熱刺」的用途，也瓜分開來，給「熱烈猛進的」制定了優待條件。可惜我生得太早，已經不屬於那一類，不能享受同等待遇了。但幸而我年輕時沒有真上戰線去，受過創傷，倘使身上有了殘疾，那就又添一件話柄，現在真不知道要受多少奚落哩。這是「不革命」的好處，應該感謝自己的。

其實這回的不行，還只是我不行，無關年紀的。托爾斯泰，克羅頗特庚[17]，馬克斯，雖然言行有「卑污」與否之分，但畢竟都苦鬥了一生，我看看他們的照相，全有大鬍子。因為我一個而抹殺一切「老頭子」，大約是不算公允的。然而中國呢，自然不免又有些特別，不行的多。少年尚且老成，老年當然成老。林琴南先生是確乎應該想起來的，他後來真是暮年景象，因為反對白話，不能論戰，便從橫道兒來做一篇影射小說[18]，使一個武人痛打改革者，——說得「美麗」一點，就是神往於「武器的文藝」了。

舊的和新的，往往有極其相同之點——如：個人主義者和社會主義者往往都反對資產階級，保守者和改革者往往都主張為人生的藝術，都諱言黑暗，棒喝主義者和共產主義者都厭惡人道主義等——林琴南先生的事也正是一個證明。至於所以不行之故，其關鍵就全在他生得更早，不知道這一階級將被「奧服赫變」，及早變計，於是歸根結蒂，分明現出 Fascist 本相了。但我以為「老頭子」如此，是不足慮的，他總比青年先死。林琴南先生就早已死去了。可怕的是將為將來柱石的青年，還象他的東拉西扯。

又來說話，量氣又太小了，再說下去，就要更小，「正直」豈但「不一定」在這一面呢，還要一定不在這一面。而且所說的又都是自己的事，並非「大貧」[19]的民眾——。但是，即使所講的只是個人的事，有些人固然只看見個人，有些人卻也看見背景或環境。例如《魯迅在廣東》這一本書，今年戰士們忽以為編者和被編者希圖不朽[20]，於是看得「煩躁」，也給了一點對於「冥頑不靈」的冷嘲。我卻以為這太偏於唯心論了，無所謂不朽，不朽又幹嗎，這是現代人大抵知道的。所以會有這一本書，其實不過是要黑字印在白紙上，訂成一本，作商品出售罷了。無論是怎樣炮製法，所謂「魯迅」也者，往往不過是充當了一種的材料。這種方法，便是「所走的方向不能算不對」的創造社也在所不免的。托羅茲基[21]雖然已經「沒落」，但他曾說，不含利害關係的文章，當在將來另一制度的社會裡。我以為他這話卻還是對的。

四月二十日。

【注釋】

1 本篇最初發表於一九二八年五月七日《語絲》第四卷第十九期。

2 當時創造社同人的常用語。如《文化批判》第二號（一九二八年二月）成仿吾在《打發他們去》一文中說：「在文藝的分野，把一切麻醉我們的社會意識的迷藥與讚揚我們的敵人的歌辭清查出來，給還它們的作家，打發他們一道去。」

3 文藝性週刊，一九二八年四月一日在上海創刊，出至第五期停刊。署名弱水的這篇文章，原題《談現在中國的文學界》，載該刊第一期。弱水，即潘梓年（一八九三－一九七二），江蘇宜興人，哲學家。

4 一九二五年至一九二六年間，魯迅與現代評論派的陳西瀅等圍繞女師大事件、五卅慘案和三一八慘案，進行了激烈的論戰。和長虹戰，指一九二六年底魯迅對高長虹的誹謗所進行的回擊。

5 林琴南（一八五二－一九二四）名紓，號畏盧，福建閩侯（今屬福州）人，翻譯家。他晚年是反對五四新文化運動的守舊派代表人物。

6 即上海藝術大學，周勤豪創辦的專教繪畫的學校，一九二八年得到創造社的合作，開設文學、美術和社會科學三個系，主要課程由創造社同仁分擔。

7 即老子，春秋末期楚國人，道家學派的創始人。引語出自《道德經》：「將欲奪之，必固與之。」

8 陳西瀅在《現代評論》第三卷第七十一期（一九二六年四月十七日）的「閒話」中，先說魯迅的《吶喊》是新文學最初十年短篇小說的「代表作品」，接著就攻擊魯迅的雜文：「我不能因為我不尊敬魯迅先生的人格，就不說他的小說好，我也不能因為佩服他的小說，就稱讚他其餘的文章。我覺得他的雜感，除了《熱風》中二三篇外，實在沒有一讀的價值。」

9 唐有壬（一八九三—一九三五）湖南瀏陽人。《現代評論》的經常撰稿人，後曾任國民黨政府外交次長，著名的親日派分子。一九二六年五月十二日上海小報《晶報》刊載一則《現代評論被收買？》的消息，引用《語絲》七十六期有關《現代評論》接受段祺瑞津貼的文字，唐有壬便於同月十八日致函《晶報》辯解，並造謠說：「《現代評論》被收買的消息，起源於俄國莫斯科。」

10 參看本書〈吊與賀〉一文。

11 成仿吾在《創造》季刊第二卷第二期（一九二四年一月）《〈吶喊〉的評論》中說：「《吶喊》出版之後，各種出版物差不多一齊為它吶喊，人人談的總是它，然而我真費盡了莫大的力才得到了一部。裡面有許多篇是我在報紙雜誌上見過的，然而大都是作者的門人手編的，所以糟得很，這回由令弟周作人先生編了出來，真是好看多了。」

12 這是馮乃超在《藝術與社會生活》一文中的話，參看本書〈「醉眼」中的朦朧〉一文注2。

13 這是成仿吾在《完成我們的文學革命》一文中的話，參看本書〈序言〉注16。

14 見李初梨《怎樣地建設革命文學》，載《文化批判》第二號（一九二八年二月）。

15 俄語的音譯，即知識分子。

16 高長虹在《狂飆》第五期（一九二六年十一月七日）發表的《一九二五北京出版界形勢指掌圖》中，譭謗魯迅為「世故老人」，又嘲弄他「入於心身交病之狀況矣」。

17 通譯克魯泡特金（一八四二—一九二一），俄國無政府主義者。

18 林琴南的這篇影射小說，題為《荊生》，載於一九一九年二月十七日上海《新申報》。

19 弱水在《談現在中國的文學界》中說：「中國雖說只有大貧小貧，沒有懸殊的階級，但小貧雖沒有小到夠得上人家資本階級的資格，大貧大到夠得上人家無產階級的資格而有餘！」

按「大貧」一詞，最初見於孫中山《三民主義·民生主義》：「中國人通通是貧，並沒有大富，只有大貧小貧的分別。」

20 鍾敬文編。內收魯迅到廣州後，當時報刊所載有關魯迅的文章十二篇，附魯迅雜文和講演記錄四篇，一九二七年七月上海北新書局出版。關於「不朽」的話，見於《戰線》週刊第一卷第二期（一九二八年四月八日）署名蕹光的《「我來……」和「我去……」》一文，其中說：「看到了《魯迅在廣東》這本書，便單單看這可以誘惑人的書名……魯迅是不朽了，編者鍾敬文也不朽了。」

21 通譯托洛茨基（一八七九——一九四〇），早年參加俄國工人運動，在十月革命蘇俄初期曾參加領導機關，一九二七年因反對蘇維埃政權被聯共（布）開除出黨，一九二九年被驅逐出國，後死於墨西哥。這裡引述他的話，見《文學與革命》第八章《革命的與社會主義的藝術》。

革命咖啡店[1]

革命咖啡店的革命底廣告式文字[2]，昨天在報章上看到了，仗著第四個「有閒」，先抄一段在下面：

「……但是讀者們，我卻發現了這樣一家我們所理想的樂園，我一共去了兩次，我在那裡遇見了我們今日文藝界上的名人，龔冰廬、魯迅、郁達夫等。並且認識了孟超、潘漢年、葉靈鳳等，他們有的在那裡高談著他們的主張，有的在那裡默默沉思，我在那裡領會到不少教益呢。……」

遙想洋樓高聳，前臨闊街，門口是晶光閃爍的玻璃招牌，樓上是「我們今日文藝界上的名人」，或則高談，或則沉思，面前是一大杯熱氣蒸騰的無產階級咖啡，遠處是許許多多「齷齪的農工大眾」[3]，他們喝著，想著，談著，指導著，獲得著，那是，倒也實在是「理想的樂園」。

何況既喝咖啡，又領「教益」呢？上海灘上，一舉兩得的買賣本來多。大如弄幾本雜誌，便算革命；小如買多少錢書籍，即贈送真絲光襪或請吃霜淇淋——雖然我至今還猜不透那些惠顧的人們，究竟是意在看書呢，還是要穿絲光襪。至於咖啡店，先前只聽說不過可以兼看舞女，使女，「以飽眼福」罷了。誰料這回竟是「名人」，給人「教益」，還演「高談」「沉思」種種好玩的把戲，那簡直是現實的樂園了。

但我又有幾句聲明——

就是：這樣的咖啡店裡，我沒有上去過，那一位作者所「遇見」的，又是別一人。因為：

一，我是不喝咖啡的，我總覺得這是洋大人所喝的東西（但這也許是我的「時代錯誤」[4]），不喜歡，還是綠茶好。

二，我要抄「小說舊聞」之類，無暇享受這樣樂園的清福。

三，這樣的樂園，我是不敢上去的，革命文學家，要年輕貌美，齒白唇紅，如潘漢年葉靈鳳[5]輩，這才是天生的文豪，樂園的材料；如我者，在《戰線》上就宣布過一條「滿口黃牙」[6]的罪狀，到那裡去高談，豈不褻瀆了「無產階級文學」麼？

還有四，則即使我要上去，也怕走不到，至多，只能在店後門遠處彷徨彷徨，嗅嗅咖啡渣的氣息罷了。你看這裡面不很有些在前線的文豪麼，我卻是「落伍者」，決不會坐在一屋子裡的。

以上都是真話。葉靈鳳革命藝術家曾經畫過我的像[7]，說是躲在酒罈的後面。這事的然否我不談。現在所要聲明的，只是這樂園中我沒有去，也不想去，並非躲在咖啡杯後面在騙人。

杭州另外有一個魯迅時，我登了一篇啟事，「革命文學家」就挖苦了[8]。但現在仍要自己出手來做一回，一者因為我不是咖啡，不願意在革命店裡做裝點；二是我沒有創造社那麼闊，有一點事就一個律師，兩個律師。

八月十日。

【注釋】

1 本篇最初刊於一九二八年八月十三日《語絲》第四卷第三十三期郁達夫的《革命廣告》之後，題作《魯迅附記》，收入本書時改為現題。

2 指一九二八年八月八日《申報》所載的《「上海珈琲」》，作者署名慎之。

3 這是成仿吾的話。他在《創造月刊》第一卷第九期（載一九二八年二月）發表的《從文學革命到革命文學》中說：「克服自己的小資產階級的根性，把你的背對向那將被奧伏赫變的階級，開步走，向那齷齪的農工大眾！」

4 成仿吾在《洪水》第三卷第二十五期（一九二七年一月）發表的《完成我們的文學革命》中，說當時的文學出版物「在創作上是時代錯誤的趣味的高調，在評論上是狂妄的瞎說的亂響」。

5 潘漢年（一九〇六－一九七七）江蘇宜興人，作家。

葉靈鳳（一九〇四－一九七五），江蘇南京人，作家、畫家。他們都曾參加創造社。

6 《流沙》第三期（一九二八年四月十五日）刊有署名心光的《魯迅在上海》一文，其中攻擊魯迅說：「你看他近來在『華蓋』之下哼出了一聲『醉眼中的朦朧』來了。但他在這篇文章裡消極的沒有指摘出成仿吾等的錯誤，積極的他自己又不屑替我們青年指出一條出路來，他看見旁人的努力他就妒忌，他只是露出滿口黃牙在那裡冷笑。」

7 葉靈鳳的畫，載於上海《戈壁》第一卷第二期（一九二八年五月）。

8 指收入本書的《在上海的魯迅啟事》。

「革命文學家」指潘漢年。他在《戰線》週刊第一卷第四期（一九二八年四月二十二日）的《假魯迅與真魯迅》中，挖苦魯迅的啟事說：

「那位少老先生，看中魯迅的名字有如此魔力，所以在曼殊和尚墳旁M女（士）面前，題下這個『魯迅遊杭弔老友』的玩意兒，現在上海的魯迅偏偏來一個啟事……這一來豈不是明明白白叫以後要乞教或見訪的女士們，認清本店老牌，只此一家，並無分出了嗎？雖然上海的魯迅啟事，沒有那個大舞臺對過天曉得所懸那玩意兒強硬，至少也使得我們那位『本姓周或不姓周，而要姓周』的另一個魯迅要顯著原形哆嗦而發抖！這才是假關公碰到真關公，假魯迅遇著真魯迅！」

文壇的掌故[1]

（來信）

編者先生：

由最近一個上海的朋友告訴我，「滬上的文藝界，近來為著革命文學的問題，鬧得十分囂。」有趣極了！這問題，在去年中秋前後，成都的文藝界，同樣也劇烈的爭論過。但鬧得並不「囂」，戰區也不見擴大，便結束。大約除了成都，別處是很少知道有這一回事的。

現在讓我來簡約地說一說。

這爭論的起源，已經過了長時期的醞釀。雙方的主體——贊成革命文學的，是國民日報社。——懷疑他們所謂革命文學的，是九五日報社。最先還僅是暗中的鼎峙；接著因了國民政府在長江一帶逐漸發展，成都的革命文學家，便投機似的成立了「革命文藝研究社」，來竭力鼓吹無產階級的文學。而湊巧有個署名張拾遺君的《談談革命文學》一篇論文在那時出現。於是挑起了一班革命文學家的怒，兩面的戰爭，便開始攻擊。

至於兩方面的戰略：革命文學者以為一切都應該革命，要革命才有進步，才順潮流。不革命便是封建社會的餘孽，帝國主義的爪牙。同樣和創造社是以唯物史觀為根據的。——可是又無他們的徹底，而把「文學革命」與「革命文學」並為一談。——反對者承認「革命文學」和「平民文學」「貴族文學」同為文學上一種名詞，與文學革命無關，而懷疑其像煞有介事的神聖不可侵犯。且文學不應如此狹義；何況革命的題材，未必多。即有，隔靴搔癢的寫來，也未必好。是近乎有些「為藝術而藝術」的說法。加入這戰團的，革命文學方面，多為「清一色」的會員；而反對系，則半屬不相識的朋友。

這一場混戰的結果，是由「革命文藝研究社」不欲延長戰線，自願休兵。

但何故休兵，局外人是不能猜測的。關於那次的文件，因「文獻不足」，只好從略。

上海這次想必一定很可觀。據我的朋友抄來的目錄看，已頗有洋洋乎之概！可惜重慶方面，還沒有看這些刊物的眼福！

這信只算預備將來「文壇的掌故」起見，並無挑撥，擁護任何方面的意思。廢話已說得不少，就此打住，敬祝

撰安！

徐匀[2]。十七年七月八日，於重慶。

（回信）

徐匀先生：

多謝你寫寄「文壇的掌故」的美意。

從年月推算起來，四川的「革命文學」，似乎還是去年出版的一本《革命文學論集》[3]（書名大概如此，記不確切了，是丁丁編的）的餘波。上海今年的「革命文學」，不妨說是又一幕。至於「囂」與不「囂」，那是要憑耳聞者的聽

覺的銳鈍而定了。

我在「革命文學」戰場上，是「落伍者」，所以中心和前面的情狀，不得而知。但向他們屁股那面望過去，則有成仿吾司令的《創造月刊》[4]，《文化批判》，《流沙》[5]，蔣光X（恕我還不知道現在已經改了那一字）拜帥的《太陽》[6]，王獨清領頭的《我們》[7]，青年革命藝術家葉靈鳳獨唱的《戈壁》[8]；也是青年革命藝術家潘漢年編撰的《現代小說》[9]和《戰線》；再加一個真是「跟在弟弟背後說漂亮話」的潘梓年的速成的《洪荒》[10]。但前幾天看見K君對日本人的談話（見《戰旗》[11]七月號），才知道潘葉之流的「革命文學」是不算在內的。

含混地只講「革命文學」，當然不能徹底，所以今年在上海所掛出來的招牌卻確是無產階級文學，至於是否以唯物史觀為根據，則因為我是外行，不得而知。但一講無產階級文學，便不免歸結到鬥爭文學，一講鬥爭，便只能說是最高的政治鬥爭的一翼。這在俄國，是正當的，因為正是勞農專政；在日本也還不打緊，因為究竟還有一點微微的出版自由，居然也還說可以組織勞動政黨。中國則不然，所以兩月前就變了相，不但改名「新文藝」，並且根據了資產社會的法律，請律師大登其廣告，來嚇唬別人了。

向「革命的智識階級」叫打倒舊東西，又拉舊東西來保護自己，要有革命者的名聲，卻不肯吃一點革命者往往難免的辛苦，於是不但笑啼俱偽，並且左右不同，連葉靈鳳所抄襲來的「陰陽臉」[12]，也還不足以淋漓盡致地為他們自己寫照，我以為這是很可惜，也覺得頗寂寞的。

但這是就大局而言，倘說個人，卻也有已經得到好結果的。例如成仿吾，做了一篇「開步走」和「打發他們去」，又改換姓名（石厚生）做了一點「瑲魯迅」[13]之後，據日本的無產文藝月刊《戰旗》七月號所載，他就又走在修善寺溫泉的近旁（可不知洗了澡沒有），並且在那邊被尊為「可尊敬的普羅塔利亞特作家」，「從支那的勞動者農民所選出的他們的藝術家」了。

魯迅。八月十日。

【注釋】

1 本篇最初發表於一九二八年八月二十日《語絲》第四卷第三十四期，原題《通信．其一》，收入本書時改為現題。

2 未詳。

3 應為《革命文學論》，丁丁編。收入當時討論革命文學的論文十七篇，一九二七年上海大新書局出版。丁丁，當時的一個投機文人，後來墮落為漢奸。

4 創造社主要文學刊物之一，一九二六年三月在上海創刊，一九二九年一月停刊。

5 創造社的綜合性半月刊，一九二八年三月在上海創刊，出至第六期停刊。

6 即《太陽月刊》，太陽社主要文學刊物之一，一九二八年一月在上海創刊，出至第七期停刊。蔣光X，指蔣光慈（一九〇一－一九三一），曾名蔣光赤（大革命失敗後改赤為慈），安徽六安人，太陽社主要成員之一，作家。著有詩集《新夢》，小說《短褲黨》、《田野的風》等。

7 即《我們月刊》，一九二八年五月在上海創刊，出至第三期停刊。創刊號上第一篇係王獨清的《祝辭》。王獨清（一八九八－一九四〇），陝西西安人，當時創造社成員，不久即墮落為托洛茨基分子。

8 半月刊，一九二八年五月在上海創刊，出至第四期停刊。

9 月刊，一九二八年一月在上海創刊，一九三〇年三月停刊。

10 即《洪荒半月刊》，一九二八年五月在上海創刊，出至第三期停刊。

11 指郭沫若。他和成仿吾與日本戰旗社作家藤枝丈夫等的談話，載於《戰旗》一九二八年七月號。《戰旗》，當時全日本無產者藝術聯盟的機關刊物，一九二八年五月創刊，一九三〇年六月停刊。

12 《戈壁》第二期（一九二八年五月）刊有葉靈鳳的一幅模仿西歐立體派的諷刺魯迅的漫畫，並附有說明：「魯迅先生，陰陽臉的老人，掛著他已往的戰績，躲在酒缸的後面，揮著他『藝術的武器』，在抵禦著紛然而來的外侮。」

13 指《畢竟是「醉眼陶然」罷了》，載《創造月刊》第一卷第十一期（一九二八年五月）。其中說：「我們抱了絕大的好奇心在等待拜見那勇敢的來將的花臉，我們想像最先跳出來的如不是在帝國主義國家學什麼鳥文學的教授與名人，必定是在這一類人的影響下少年老成的末將。看呀！啊呀，這卻有點奇怪！這位鬍子先生倒是我們中國的 Don Quixte（瑲吉訶德）——瑲魯迅！」瑲，西班牙語 Don 的音譯，通譯堂，即先生。

文學的階級性[1]

（來信）

魯迅先生：

侍桁先生譯林癸未夫著的《文學上之個人性與階級性》[2]，本來這是一篇絕好的文章，但可惜篇末涉及唯物史觀的問題，理論未免是勉強一點，也許是著者的誤解唯物史觀。他說：

「以這種理由若推論下去，有產者的個人性與無產者的個人性，『全個』是不相同的了。就是說不承認有產者與無產者之間有共同的人性。再換一句話說，有產者與無產者只是有階級性，而全然缺少個人性的。」

這是什麼話！唯物史觀的理論，豈是這樣簡單的。它的理論並不否認個人性，因此，也不否認思想，道德，感情，藝術。但以性格，思想，道德，感情，藝術，都是受支配於經濟的。林氏的文章是著意於個人性，我們就以個人性而論。譬如農村經濟宗法社會裡拿妻子為男子的財產，但是文化進步到今日的社會，就承認妻子有相當的人格。這個觀念，當然是有產者和無產者所共同的。雖然是共同，卻並非天賦的，仍然逃不了經濟的支配。有產者和無產者物質生活上受經濟的影響而有差等，個人性同樣地受經濟的影響而卻是共同的。並不是有產者和無產者人性的共同而就是不受經濟制度的影響了。

林氏以此而可以駁唯物史觀，那末，何以不拿「人是同樣的是圓頂方趾，要吃飯，要睡覺，是有產者和無產者所共同的」而來駁唯物史觀，爽快得多了。

最後，我須聲明：我是個資本主義制度下的職工。因為是職工，所以學識的譾陋是誰都可以肯定的。這文中自然有不少不能達意和不妥之處。但我希望有更瞭解馬克思學說的人來為唯物史觀打一打仗。

因為避學者嫌疑起見，以信底形式而寫給魯迅先生。能否發表，是編者的特權了。

愷良[3]於上海，一九二八，七，二八。

（回信）

愷良先生：

我對於唯物史觀是門外漢，不能說什麼。但就林氏的那一段文字而論，他將話兩次一換，便成為「只有」和「全然缺少」，卻似乎決定得太快一點了。大概以弄文學而又講唯物史觀的人，能從基本的書籍上一一鉤剔出來的，恐怕不很多，常常是看幾本別人的提要就算。而這種提要，又因作者的學識意思而不同，有些作者，意在使階級意識明瞭銳利起來，就竭力增強階級性說，而別一面就也容易招人誤解。

作為本文根據的林氏別一篇論文，我沒有見，不能說他是否因此而走了相反的極端，但中國卻有此例，竟會將個性，共同的人性（即林氏之所謂個人性），個人主義即利己主義混為一談，來加以自以為唯物史觀底申斥，倘再有人據此來論唯物史觀，那真是糟糕透頂了。

來信的「吃飯睡覺」的比喻，雖然不過是講笑話，但脫羅茲基曾以對於「死之恐怖」[4]為古今人所共同，來說明文學中有不帶階級性的分子，那方法其實是差不多的。在我自己，是以為若據性格感情等，都受「支配於經濟」（也可以說根據於經濟組織或依存於經濟組織）之說，則這些就一定都帶著階級性。但是「都帶」，而非「只有」。所以不相信有一切超乎階級，文章如日月的永久的大文豪，也不相信住洋房，喝咖啡，卻道「唯我把握住了無產階級意識，所以我是真的無產者」的革命文學者。

有馬克斯學識的人來為唯物史觀打仗，在此刻，我是不贊成的。我只希望有切實的人，肯譯幾部世界上已有定評的關於唯物史觀的書——至少，是一部簡單淺顯的，兩部精密的——還要一兩本反對的著作。那麼，論爭起來，可以省說許多話。

魯迅。八月十日。

【注釋】

1 本篇最初發表於一九二八年八月二十日《語絲》第四卷第三十四則，原題《通信・其二》，收入本書時改為現題。

2 即韓侍桁，天津人，當時的文學青年。他所譯林癸未夫的文章，載《語絲》第四卷第二十九期（一九二八年七月），原文載日本《新潮》第九期（一九二六年），譯文只是原文的第一段。作者在文中聲稱：「我是站在『否定唯物史觀』的立腳點的」。林癸未夫（一八八三—一九四七），日本經濟學家和社會學家。

3 未詳。

4 見托洛茨基《文學與革命》第八章《革命的與社會主義的藝術》。

一九二九年

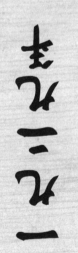

「革命軍馬前卒」和「落伍者」[1]

西湖博覽會[2]上要設先烈博物館了，在徵求遺物。這是不可少的盛舉，沒有先烈，現在還拖著辮子也說不定的，更那能如此自在。

但所徵求的，末後又有「落伍者的醜史」，卻有些古怪了。彷彿要令人於飲水思源以後，再喝一口髒水，歷親芳烈之餘，添嗅一下臭氣似的。

而所徵求的「落伍者的醜史」的目錄中，又有「鄒容[3]的事實」，那可更加有些古怪了。如果印本沒有錯而鄒容不是別一人，那麼，據我所知道，大概是這樣的：

他在滿清時，做了一本《革命軍》[4]，鼓吹排滿，所以自署曰「革命軍馬前卒鄒容」。後來從日本回國，在上海被捕，死在西牢裡了，其時蓋在一九〇二年。自然，他所主張的不過是民族革命，未曾想到共和，自然更不知道三民主義[5]，當然也不知道共產主義。但這是大家應該原諒他的，因為他死得太早了，他死了的明年，同盟會[6]才成立。

聽說中山先生的自敘上就提起他的[7]，開目錄的諸公，何妨於公餘之暇，去查一查呢？

後烈實在前進得快，二十五年前的事，就已經茫然了，可謂美史也已。

二月十七日。

【注釋】

1 本篇最初發表於一九二九年三月十八日《語絲》第五卷第二期。

2 當時國民黨浙江省政府建設廳主辦的一個交流物資性質的展覽會，一九二九年六月六日在杭州西湖開幕，內設「革命紀念館」。開幕前曾在報紙上刊登「徵集革命紀念品」的廣告。

3 鄒容（一八八五—一九〇五）字蔚丹，四川巴縣人，清末革命家。一九〇二年春留學日本，積極宣傳反清革命，回國後於一九〇三年七月被清政府勾結上海英租界當局拘捕，判處監禁二年，一九〇五年四月死於獄中。

4 鄒容著，章炳麟序，清光緒二十九年（一九〇三）刊行，全書共七章。它揭露了清朝政府的殘酷統治，提出了建立「自由獨立」的「中華共和國」的理想，起了很大的革命鼓動作用。作者在自序後署「皇漢民族亡國後之二百六十年歲次癸卯三月日革命軍中馬前卒鄒容記」。

5 孫中山為中國民主革命所提出的原則和綱領，即民族主義、民權主義、民生主義。

6 即中國革命同盟會，資產階級的革命政黨。一九〇五年八月在孫中山領導下，以興中會和華興會為基礎，聯絡光復會，成立於日本東京。它的政治綱領是推翻清朝政府，建立資產階級民主共和國。

7 孫中山在《自傳》中談到清末反清運動時說：「在上海則有章太炎、吳稚暉、鄒容等借《蘇報》以鼓吹革命，為清廷所控，太炎、鄒容被拘囚租界監獄，吳亡命歐洲。此案涉及清帝個人，為朝廷與人民聚訟之始，清朝以來未有也。清廷雖訟勝，而章、鄒不過僅得囚禁兩年而已。於是民氣為之大壯。鄒容著有《革命軍》一書，為排滿最激烈之言論，華僑極為歡迎，其開導華僑風氣，為力甚大。」（見《總理全集》）

《近代世界短篇小說集》小引[1]

一時代的紀念碑底的文章，文壇上不常有；即有之，也什九是大部的著作。以一篇短的小說而成為時代精神所居的大宮闕者，是極其少見的。

但至今，在巍峨燦爛的巨大的紀念碑底的文學之旁，短篇小說也依然有著存在的充足的權利。不但巨細高低，相依為命，也譬如身入大伽藍中，但見全體非常宏麗，眩人眼睛，令觀者心神飛越，而細看一雕欄一畫礎，雖然細小，所得卻更為分明，再以此推及全體，感受遂愈加切實，因此那些終於為人所注重了。

在現在的環境中，人們忙於生活，無暇來看長篇，自然也是短篇小說的繁生的很大原因之一。只頃刻間，而仍可借一斑略知全豹，以一目盡傳精神，用數頃刻，遂知種種作風，種種作者，種種所寫的人和物和事狀，所得也頗不少的。而便捷，易成，取巧……這些原因還在外。

中國於世界所有的大部傑作很少譯本，翻譯短篇小說的卻特別的多者，原因大約也為此。我們——譯者的匯印這書，則原因就在此。貪圖用力少，紹介多，有些不肯用盡呆氣力的壞處，是自問恐怕也在所不免的。但也有一點只要能培一朵花，就不妨做做會朽的腐草的近於不壞的意思。還有，是要將零星的小品，聚在一本裡，可以較不容易於散亡。

我們——譯者，都是一面學習，一面試做的人，雖於這一點小事，力量也還很不夠，選的不當和譯的錯誤，想來是一定不免的。我們願受讀者和批評者的指正。

一九二九年四月二十六日，朝花社同人識。

【注釋】

1 本篇最初印入一九二九年四月出版的《近代世界短篇小說集》。《近代世界短篇小說集》，是魯迅和柔石等創立的朝花社的出版物之一，分《奇劍及其他》和《在沙漠上》兩集，收入比利時、捷克、法國、匈牙利、俄國和蘇聯、猶太、南斯拉夫、西班牙等國家和民族的短篇小說二十四篇。

現今的新文學的概觀[1]

——五月二十二日在燕京大學國文學會講

這一年多，我不很向青年諸君說什麼話了，因為革命以來，言論的路很窄小，不是過激，便是反動，於大家都無益處。這一次回到北平，幾位舊識的人要我到這裡來講幾句，情不可卻，只好來講幾句。但因為種種瑣事，終於沒有想定究竟來講什麼——連題目都沒有。

那題目，原是想在車上擬定的，但因為道路壞，汽車顛起來有尺多高，無從想起。我於是偶然感到，外來的東西，單取一件，是不行的，有汽車也須有好道路，一切事總免不掉環境的影響。文學——在中國的所謂新文學，所謂革命文學，也是如此。

中國的文化，便是怎樣的愛國者，恐怕也大概不能不承認是有些落後。新的事物，都是從外面侵入的。新的勢力來到了，大多數的人們還是莫名其妙。北平還不到這樣，譬如上海租界，那情形，外國人是處在中央，那外面，圍著一群翻譯，包探，巡捕，西崽[2]……之類，是懂得外國話，熟悉租界章程的。這一圈之外，才是許多老百姓。

老百姓一到洋場，永遠不會明白真實情形，外國人說「Yes」[3]，翻譯道，「他在說打一個耳光」，外國人說「No」[4]，翻出來卻是他說「去槍斃」。倘想要免去這一類無謂的冤苦，首先是在知道得多一點，衝破了這一個圈子。

在文學界也一樣，我們知道得太不多，而幫助我們知識的材料也太少。梁實秋有一個白璧德，徐志摩[5]有一個泰戈爾，胡適之有一個杜威[6]，——是的，徐志摩還有一個曼殊斐兒，他到她墳上去哭過[7]，——創造社有革命文學，時行的文學。不過附和的，創作的很有，研究的卻不多，直到現在，還是給幾個出題目的人們圈了起來。

各種文學，都是應環境而產生的，推崇文藝的人，雖喜歡說文藝足以煽起風波來，但在事實上，卻是政治先行，文藝後變。倘以為文藝可以改變環境，那是「唯心」之談，事實的出現，並不如文學家所預想。所以巨大的革命，以前的所謂革命文學者還須滅亡，待到革命略有結果，略有喘息的餘裕，這才產生新的革命文學者。為什麼呢，因為舊社會將近崩壞之際，是常常會有近似帶革命性的文學作品出現的，然而其實並非真的革命文學。例如：或者憎惡舊社會，而只是憎惡，更沒有對於將來的理想；或者也大呼改造社會，而問他要怎樣的社會，卻是不能實現的烏托邦[8]；或者自己活得無聊了，便空泛地希望一大轉變，來作刺戟，正如飽於飲食的人，想吃些辣椒爽口；更下的是原是舊式人物，但在社會裡失敗了，卻想另掛新招牌，靠新興勢力獲得更好的地位。

希望革命的文人，革命一到，反而沉默下去的例子，在中國便曾有過的。即如清末的南社[9]，便是鼓吹革命的文學團體，他們嘆漢族的被壓制，憤滿人的兇橫，渴望著「光復舊物」。但民國成立以後，倒寂然無聲了。我想，這是因為他們的理想，是在革命以後，「重見漢官威儀」[10]，峨冠博帶。而事實並不這樣，所以反而索然無味，不想執筆了。

俄國的例子尤為明顯，十月革命開初，也曾有許多革命文學家非常驚喜，歡迎這暴風雨的襲來，願受風雷的試煉。但後來，詩人葉遂寧、小說家索波里自殺了，近來還聽說有名的小說家愛倫堡[11]有些反動。這是什麼緣故呢？就因為四面襲來的並不是暴風雨，來試煉的也並非風雷，卻是老老實實的「革命」。空想被擊碎了，人也就活不下去，這倒不如古時候相信死後靈魂上天，坐在上帝旁邊吃點心的詩人們福氣[12]。因為他們在達到目的之前，已經死掉了。

中國，據說，自然是已經革了命，——政治上也許如此罷，但在文藝上，卻並沒有改變。有人說，「小資產階級文學之抬頭」[13]了，其實是，小資產階級文學在那裡呢，連「頭」也沒有，那裡說得到「抬」。這照我上面所講的推論起來，就是文學並不變化和興旺，所反映的便是並無革命和進步，——雖然革命家聽了也許不大喜歡。

至於創造社所提倡的，更徹底的革命文學——無產階級文學，自然更不過是一個題目。這邊也禁，那邊也禁的王獨清的從上海租界裡遙望廣州暴動的詩[14]，「Pong Pong Pong」，鉛字逐漸大了起來，只在說明他曾為電影的字幕和上海的醬園招牌所感動，有模仿勃洛克的《十二個》之志而無其力和才。

郭沫若的《一隻手》[15]是很有人推為佳作的，但內容說一個革命者革命之後失了一隻手，所餘的一隻還能和愛人握手的事，卻未免「失」得太巧。五體，四肢之中，倘要失去其一，實在還不如一隻手；一條腿就不便，頭自然更不行了。只準備失去一隻手，是能減少戰鬥的勇往之氣的；我想，革命者所不惜犧牲的，一定不只這一點。《一隻手》也還是窮秀才落難，後來終於中狀元，諧花燭的老調。

但這些卻也正是中國現狀的一種反映。新近上海出版的革命文學的一本書的封面上，畫著一把鋼叉，這是從《苦悶的象徵》[16]的書面上取來的，叉的中間的一條尖刺上，又安一個鐵錘，這是從蘇聯的旗子上取來的。然而這樣地合了起來，卻弄得既不能刺，又不能敲，只能在表明這位作者的庸陋，——也正可以做那些文藝家的徽章。

從這一階級走到那一階級去，自然是能有的事，但最好是意識如何，便一直說，使大眾看去，為仇為友，了了分明。不要腦子裡存著許多舊的殘滓，卻故意瞞了起來，演戲似的指著自己的鼻子道，「惟我是無產階級！」現在的人們既然神經過敏，聽到「俄」字便要氣絕，連嘴唇也快要不准紅了，對於出版物，這也怕，那也怕；而革命文學家又不肯多紹介別國的理論和作品，單是這樣的指著自己的鼻子，臨了便會像前清的「奉旨申斥」一樣，令人莫名其妙的。

對於諸君，「奉旨申斥」大概還須解釋幾句才會明白罷。這是帝制時代的事。一個官員犯了過失了，便叫他跪在一個什麼門外面，皇帝差一個太監來斥罵。這時須得用一點花費，那麼，罵幾句就完；倘若不用，他便從祖宗一直罵到子孫。這算是皇帝在罵，然而誰能去問皇帝，問他究竟可是要這樣地罵呢？去年，據日本的雜誌上說，成仿吾是由中國的農工大眾選他往德國研究戲曲去了，我們也無從打聽，究竟真是這樣地選了沒有。

所以我想，倘要比較地明白，還只好用我的老話，「多看外國書」，來打破這包圍的圈子。這事，於諸君是不甚費力的。關於新興文學的英文書或英譯書，即使不多，然而所有的幾本，一定較為切實可靠。多看些別國的理論和作品之後，再來估量中國的新文藝，便可以清楚得多了。更好是紹介到中國來；翻譯並不比隨便的創作容易，然而於新文學的發展卻更有功，於大家更有益。

【注釋】

1 本篇最初發表於一九二九年五月二十五日北平《未名》半月刊第二卷第八期。

2 舊時對西洋人雇用的中國男僕的蔑稱。

3 英語：是。

4 英語：不是。

5 徐志摩（一八九七—一九三一）浙江海寧人，詩人，新月社主要成員。著有《志摩的詩》、《猛虎集》等。一九二四年四月泰戈爾訪華時，他擔任翻譯，並在《小說月報》上多次發表頌揚泰戈爾的文章。

6 杜威（John Dewey，一八五九—一九五二）美國唯心主義哲學家。他否認客觀真理和絕對真理的存在，認為有用就是真理。主要著作有《哲學的改造》、《經驗和自然》、《邏輯：探究的理論》等。胡適是杜威學說的宣傳者。一九一九年五月至一九二一年七月杜威來華講學時，他曾擔任翻譯。

7 曼殊斐兒（K.Mansfield，一八八八—一九二三）通譯曼斯菲，英國女作家。著有《幸福》、《鴿巢》等中短篇小說集。徐志摩翻譯過她的作品。他在《自剖集．歐遊漫記》中，說他曾在法國上過曼殊斐兒的墳：「我這次到歐洲來倒像是專做清明來的；我不僅上知名的或與我有關係的墳，……在楓丹薄羅上曼殊斐兒的墳。……」

8 烏托邦，拉丁文 Utopia 的音譯，源於英國湯姆士．莫爾在一五一六年所作的小說《烏托邦》。書中描寫一種叫「烏托邦」的社會組織，寄託著作者的空想社會主義的理想，由此「烏托邦」就成了「空想」的同義語。

9 文學團體，一九〇九年由柳亞子等人發起，成立於蘇州，盛時有社員千餘人。他們以詩文鼓吹反清革命。辛亥革命後發生分化，有的附和袁世凱，有的加入安福系、研究系等政客團

作，發表社員所作詩文，共出二十二集。一九二三年解體。該社編印不定期刊《南社》，只有少數人堅持進步立場。

10 指漢代叔孫通等人所制定的禮儀制度。《後漢書．光武帝紀》記載：王莽篡位失敗被殺後，司隸校尉劉秀（即後來的漢光武帝）帶了僚屬到長安，舉措「一如舊章」當地吏士「及見司隸僚屬，皆歡喜不自勝。老吏或垂涕曰：『不圖今日複見漢官威儀』」。

11 愛倫堡（一八九一－一九六七）蘇聯作家。十月革命後，他在創作中歪曲社會主義現實，曾受到當時蘇聯文藝界的批判。

12 德國詩人海涅（C. J. Heine，一七九七－一八五六）在詩集《還鄉記》第六十六首中有這樣的句子：「我夢見我自己做了上帝，昂然地高坐在天堂，天使們環繞在我身旁，不絕地稱讚著我的詩章。我在吃糕餅、糖果，喝著酒，和天使們一起歡宴，我享受著這物珍品，卻無須破費一個小錢。」

13 見李初梨《對於所謂「小資產階級革命文學」底抬頭，普羅列塔利亞文學應該防禦自己》（載一九二八年十二月《創造月刊》第二卷第六期）。

14 指王獨清的長詩《II Dec.》（《十二月十一日》），一九二八年十月出版（未標出版處）。

15 短篇小說，載一九二八年《創造月刊》第一卷第九至十一期，內容和這裡所說的有出入。

16 文藝論文集，日本文藝評論家廚川白村（一八八〇－一九二三）作。魯迅曾譯成中文，一九二四年十二月北京新潮社出版。中譯本的封面為陶元慶作。畫面是一把鋼叉叉著一個女人的舌頭，象徵「人間苦」。

「皇漢醫學」[1]

革命成功[2]之後，「國術」「國技」「國花」「國醫」鬧得烏煙瘴氣之時，日本人湯本求真做的《皇漢醫學》[3]譯本也將乘時出版了。廣告[4]上這樣說——

「日醫湯本求真氏於明治三十四年卒業金澤醫學專門學校後應世多年覺中西醫術各有所長短非比較同異捨短取長不可愛發憤學漢醫曆十八年之久彙集吾國歷來諸家醫書及彼邦人士研究漢醫藥心得之作著『皇漢醫學』一書引用書目多至一百餘種旁求博考洵大觀也……」

我們「皇漢」人實在有些怪脾氣的：外國人論及我們缺點的不欲聞，說好處就相信，講科學者不大提，有幾個說神見鬼的便紹介。這也正是同例，金澤醫學專門學校卒業者何止數千人，做西洋醫學的也有十幾位了，然而我們偏偏刮目於可入《無雙譜》[5]的湯本先生的《皇漢醫學》。

小朋友梵兒[6]在日本東京，花了四角錢在地攤上買到一部岡千仞作的《觀光紀遊》[7]，是明治十七年（一八八四）來遊中國的日記。他看過之後，在書頭卷尾寫了幾句牢騷話，寄給我了。來得正好，鈔一段在下面：

「二十三日，夢香竹孫來訪。……夢香盛稱多紀氏[8]醫書。余曰，『敝邦西洋醫學盛開，無復手多紀氏書者，故販原板上海書肆，無用陳余之芻狗[9]也。』曰，『多紀氏書，發仲景氏[10]微旨，他年日人必悔此事。』曰，『敝邦醫術大開，譯書續出，十年之後，中人爭購敝邦譯書，亦不可知。』夢香默然。余因以為合信氏醫書（案：蓋指《全體新論》[11]），刻於寧波，寧波距此咫尺，而夢香滿口稱多紀氏，無一語及合信氏者，何故也？……」（卷三《蘇杭日記》下二頁。）

岡氏於此等處似乎終於不明白。這是「四千餘年古國古」[12]的人民的「收買廢銅爛鐵」脾氣，所以文人則「盛稱多紀氏」，武人便大買舊炮和廢槍，給外國「無用陳佘之芻狗」有一條出路。

岡氏距明治維新[13]後不久，還有改革的英氣，所以他的日記裡常有好意的苦言。革命底批評家或云與其看世紀末的煩瑣隱晦沒奈何之言，不如上觀任何民族開國時文字，證以此事，是頗有一理的。

七月二十八日。

【注釋】

1 本篇最初發表於一九二九年八月五日《語絲》第五卷第二十二期。

「皇漢醫學」，日本應用中醫原理來治病的醫學。

2 國民黨於一九二七年發動四一二反革命政變後，在南京建立反動政權，自稱「革命成功」。這裡是諷刺的說法。

3 湯本求真（一八六七－一九四一）日本醫生，漢醫學家，著有《皇漢醫學》和《日醫應用漢方釋義》等。《皇漢醫學》以中醫理論為基礎，闡述中醫治療的效用。前部以注解我國東漢張機的醫學著作為主，後部分述中醫方劑的主治症候。有周子敍的中譯本，一九三〇年九月上海中華書局出版。

4 這是中華書局的「《皇漢醫學》出版預告」，載一九二九年七月十七日上海《新聞報》。

5 清代金古良編繪，內收從漢到宋的「忠孝、才節、事功……妖佞之從來無有者」四十人的畫像，並各附樂府詩一首，記其「生平大端」。

6 即李秉中（一九〇二－一九四〇），四川彭山人。原是北京大學學生，後入黃埔軍校，繼去蘇聯、日本學習陸軍，為國民黨軍官。早期與作者通信較多。《魯迅日記》一九二九年七月二十二日：「收李秉中自日本所寄贈《觀光紀遊》一部三本。」

7 岡千仞（一八三三－一九一四）日本人。清末曾到中國遊歷，著有《滬上》、《蘇杭》、《燕京》、《粵南》等日記共十卷，總稱《觀光紀遊》，一八八五年自費刊印。

8 即多紀藍溪（一七三二－一八〇一），名元惠，字仲明，日本內科醫生。

9 語見《老子》：「天地不仁，以萬物為芻狗。」芻狗是古代祭祀時用草做成的狗，祭後即棄去，所以喻作輕賤無用之物。

10 張機，字仲景，南陽郡（今河南南陽市）人，東漢醫學家。著有《金匱要略》、《傷寒論》。

11 英國合信在華編寫的生理學著作，陳修堂譯，一八五一年廣東金利埠惠愛醫局石印，後在寧波等處刻印。

12 語出清代黃遵憲《出軍歌》：「四千餘歲古國古，是我完全土。」（載一九〇二年十月《新小說》第一號）

13 指發生於日本明治年間（一八六八－一九一二）的維新運動。它結束了封建王朝德川幕府的統治，促進了資本主義在日本的發展。

《吾國征俄戰史之一頁》[1]

大家都說要打俄國[2]，或者「願為前驅」，或者「願作後盾」，連中國文學所賴以不墜的新月書店[3]，也登廣告出賣關於俄國的書籍兩種，則舉國之同仇敵愾也可知矣。

自然，大勢如此，執筆者也應當做點應時的東西，庶幾不至於落伍。我於是在七月廿六日《新聞報》的《快活林》裡，遇見一篇題作《吾國征俄戰史之一頁》的敘述詳細而昏不可當的文章，可惜限於篇幅，只能摘抄：

「……乃嘗讀史至元成吉思汗[4]。起自蒙古。入主中夏。開國以後。奄有欽察阿速諸部。命速不台[5]征蔑里吉。復引兵繞寬田吉思海[6]。轉戰至太和嶺。洎太宗七年。又命速不台為前驅。隨諸王拔都[7]。皇子貴由。皇侄哥等伐西域。十年乃大舉征俄。直逼耶烈贊城[8]。而陷莫斯科。太祖長子朮赤[9]遂於其地即汗位。可謂破前古未有之記載矣。夫一代之英主。開創之際。戰勝攻取。用其兵威。不難統一區宇。史冊所敘。縱極鋪張。要不過禹域以內。訖無西至流沙。舉朔北遼絕之地而空之。不特唯是。猶復鼓其餘勇。進逼歐洲內地。而有歐亞混一之勢者。謂非吾國戰史上最有光彩最有榮譽之一頁得乎……」

那結論是：

「……質言之。元時之兵鋒。不僅足以扼歐亞之吭。而有席捲包舉之氣象。有足以壯吾國後人之勇氣者。固自有在。余故備述之。以告應付時局而固邊圉者。」

這只有這作者「清癯」先生是蒙古人，倒還說得過去。否則，成吉思汗「入主中夏」，朮赤在墨斯科「即汗位」，那時咱們中俄兩國的境遇正一樣，就是都被蒙古人征服的。為什麼中國人現在竟來硬霸「元人」為自己的先人，彷彿滿臉光彩似的，去驕傲同受壓迫的斯拉夫種的呢？

倘照這樣的論法，俄國人就也可以作「吾國征華史之一頁」，說他們在元代奄有中國的版圖。

倘照這樣的論法，則即使俄人此刻「入主中夏」，也就有「歐亞混一之勢」，「有足以壯吾國後人」之後人「之勇氣者」矣。

嗟乎，赤俄未征，白癡已出，殊「非吾國戰史上最有光彩最有榮譽之一頁」也！

七月二十八日。

【注釋】

1 本篇最初發表於一九二九年八月五日《語絲》第五卷第二十二期。

2 一九二九年七月，國民黨以武力接收中蘇合辦的中東鐵路，雙方發生衝突，中國掀起「反俄運動」。

3 新月社的書店，一九二七年春成立於上海。該店為配合「反俄運動」，曾再版了署名世界室主人的《蘇俄評論》和徐志摩的《自剖》（第三輯為《遊俄》），並刊登宣傳廣告。

4 成吉思汗（一一六二－一二二七）名鐵木真，古代蒙古族的領袖，十三世紀初統一了蒙古族各部落，建立蒙古汗國，被擁戴為王，稱成吉思汗，後被尊為元太祖。他曾將蒙古汗國的版圖擴展到中亞地區和南俄。後來他的繼承者們征服了俄羅斯，建立欽察汗國；又滅了南宋，建立元朝。

5 速不台（一一七六－一二四八）蒙古汗國大將。一二一六年春，成吉思汗命他征服蔑里吉。蔑里吉，通稱蔑幾乞，遼金時遊牧於色楞格河流域的一個部落。

6 今譯裡海。太和嶺，今譯高加索。

7 拔都（一二〇九－一二五六）蒙古汗國大將，成吉思汗之孫。貴由（一二〇六－一二四八），元太宗窩闊台的長子，後被尊為元定宗。哥，即蒙哥（一二〇八－一二五九），窩闊台的侄子，後被尊為元憲宗。

8 今譯梁贊，在莫斯科之南。

9 朮赤（一一七七－一二二五）蒙古汗國大將，成吉思汗長子。

葉永蓁作《小小十年》小引[1]

這是一個青年的作者，以一個現代的活的青年為主角，描寫他十年中的行動和思想的書。

舊的傳統和新的思潮，紛紜於他的一身，愛和憎的糾纏，感情和理智的衝突，纏綿和決撒的迭代，歡欣和絕望的起伏，都逐著這「小小十年」而開展，以形成一部感傷的書，個人的書。但時代是現代，所以從舊家庭所希望的「上進」而渡到革命，從交通不大方便的小縣而渡到「革命策源地」的廣州，從本身的婚姻不自由而渡到偉大的社會改革——但我沒有發現其間的橋樑。

一個革命者，將——而且實在也已經（！）——為大眾的幸福鬥爭，然而獨獨寬恕首先壓迫自己的親人，將槍口移向四面是敵，但又四不見敵的舊社會；一個革命者，將為人我爭解放，然而當失去愛人的時候，卻希望她自己負責，並且為了革命之故，不願自己有一個情敵，——志願愈大，希望愈高，可以致力之處就愈少，可以自解之處也愈多。——終於，則甚至閃出了惟本身目前的剎那間為惟一的現實一流的陰影。在這裡，是屹然站著一個個人主義者，遙望著集團主義的大纛，但在「重上征途」[2]之前，我沒有發現其間的橋樑。

釋迦牟尼[3]出世以後，割肉餵鷹，投身飼虎的是小乘，渺渺茫茫地說教的倒算是大乘，總是發達起來，我想，那機微就在此。

然而這書的生命，卻正在這裡。他描出了背著傳統，又為世界思潮所激蕩的一部分的青年的心，逐漸寫來，並無遮瞞，也不裝點，雖然間或有若干辯解，而這些辯解，卻又正是脫去了自己的衣裳。至少，將為現在作一面明鏡，為將來留一種記錄，是無疑的罷。多少偉大的招牌，去年以來，在文攤上都掛過了，但不到一年，便以變相和無物，自己告發了全盤的欺騙，中國如果還會有文藝，當然先要以這樣直說自己所本有的內容的著作，來打退騙局以後的空虛。因為文藝家至少是須有直抒己見的誠心和勇氣的，倘不肯吐露本心，就更談不到什麼意識。

我覺得最有意義的是漸向戰場的一段，無論意識如何，總之，許多青年，從東江起，而上海，而武漢，而江西，為革命戰鬥了，其中的一部分，是抱著種種的希望，死在戰場上，再看不見上面擺起來的是金交椅呢還是虎皮交椅。種種革命，便都是這樣地進行，所以掉弄筆墨的，從實行者看來，究竟還是閒人之業。

這部書的成就，是由於曾經革命而沒有死的青年。我想，活著，而又在看小說的人們，當有許多人發生同感。

技術，是未曾矯揉造作的。因為事情是按年敘述的，所以文章也傾瀉而下，致使作者在《後記》裡，不願稱之為小說[4]，但也自然是小說。我所感到累贅的只是說理之處過於多，校讀時刪節了一點，倘使反而損傷原作了，那便成了校者的責任。還有好像缺點而其實是優長之處，是語彙的不豐，新文學興起以來，未忘積習而常用成語如我的和故意作怪而亂用誰也不懂的生語如創造社一流的文字，都使文藝和大眾隔離，這部書卻加以掃蕩了，使讀者可以更易於瞭解，然而從中作梗的還有許多新名詞。

通讀了這部書，已經在一月之前了，因為不得不寫幾句，便憑著現在所記得的寫了這些字。我不是什麼社的內定的「鬥爭」的「批評家」之一員，只能直說自己所願意說的話。我極欣幸能紹介這真實的作品於中國，還渴望看見「重上征途」以後之作的新吐的光芒。

一九二九年七月二十八日，於上海，魯迅記。

【注釋】

1 本篇最初發表於一九二九年八月十五日上海《春潮月刊》第一卷第八期。葉永蓁，浙江樂清人，第一次國內革命戰爭時期黃埔軍校第五期學生，後為國民黨軍隊的軍官。《小小十年》是他的一部自傳體長篇小說，一九二九年九月上海春潮書局出版。

2 《小小十年》的最後一章。

3 釋迦牟尼（公元前六二三—公元前五四三），佛教創始人。相傳是北天竺迦毗羅衛國（在今尼泊爾境內）淨飯王的兒子，二十九歲時出家修行，後「悟道成佛」。

4 小說作者在《後記》中說：「寫到這裡，總算有好幾萬字了。但我也不知道究竟寫了些什麼。小說嗎？不像！散文嗎？不像！」

柔石作《二月》小引[1]

衝鋒的戰士，天真的孤兒，年輕的寡婦，熱情的女人，各有主義的新式公子們，死氣沉沉而交頭接耳的舊社會，倒也並非如蜘蛛張網，專一在待飛翔的遊人，但在尋求安靜的青年的眼中，卻化為不安的大苦痛。這大苦痛，便是社會的可憐的椒鹽，和戰士孤兒等輩一同，給無聊的社會一些味道，使他們無聊地持續下去。

濁浪在拍岸，站在山岡上者和飛沫不相干，弄潮兒則於濤頭且不在意，惟有衣履尚整，徘徊海濱的人，一濺水花，便覺得有所沾濕，狼狽起來。這從上述的兩類人們看來，是都覺得詫異的。但我們書中的青年蕭君，便正落在這境遇裡。他極想有為，懷著熱愛，而有所顧惜，過於矜持，終於連安住幾年之處，也不可得。他其實並不能成為一小齒輪，跟著大齒輪轉動，他僅是外來的一粒石子，所以軋了幾下，發幾聲響，便被擠到女佛山[2]——上海去了。

他幸而還堅硬，沒有變成潤澤齒輪的油。

但是，瞿曇（釋迦牟尼）從夜半醒來，目睹宮女們睡態之醜，於是慨然出家，而霍善斯坦因[3]以為是醉飽後的嘔吐。那麼，蕭君的決心遁走，恐怕是胃弱而禁食的了，雖然我還無從明白其前因，是由於氣質的本然，還是戰後的暫時的勞頓。

我從作者用了工妙的技術所寫成的草稿上，看見了近代青年中這樣的一種典型，周遭的人物，也都生動，便寫下一些印象，算是序文。大概明敏的讀者，所得必當更多於我，而且由讀時所生的詫異或同感，照見自己的姿態的罷？那實在是很有意義的。

一九二九年八月二十日，魯迅記於上海。

【注釋】

1 本篇最初發表於一九二九年九月一日上海《朝花旬刊》第一卷第十期。

柔石（一九〇三—一九三一），原名趙平復，浙江寧海（今併入象山縣）人，作家，一九三一年二月七日清黨時期，在上海被殺。著有中篇小說《舊時代之死》、短篇小說《為奴隸的母親》等。《二月》，中篇小說，一九二九年十一月上海春潮書局出版。

2 小說《二月》中的一個地名。

3 霍善斯坦因（W.Hausenstein，一八八二—一九五七），德國文藝批評家。這裡所引他對於釋迦牟尼出家的解釋，見他的《藝術與社會．印度的社會和藝術》。

《小彼得》譯本序[1]

這連貫的童話六篇，原是日本林房雄[2]的譯本（一九二七年東京曉星閣出版），我選給譯者，作為學習日文之用的。逐次學過，就順手譯出，結果是成了這一部中文的書。但是，凡學習外國文字的，開手不久便選讀童話，我以為不能算不對，然而開手就翻譯童話，卻很有些不相宜的地方，因為每容易拘泥原文，不敢意譯，令讀者看得費力。這譯本原先就很有這弊病，所以我當校改之際，就大加改譯了一通，比較地近於流暢了。——這也就是說，倘因此而生出不妥之處來，也已經是校改者的責任。

作者海爾密尼亞・至爾・妙倫（Hermynia Zur Muehlen）[3]，看姓氏好像德國或奧國人，但我不知道她的事蹟。據同一原譯者所譯的同作者的別一本童話《真理之城》（一九二八年南宋書院出版）的序文上說，則是匈牙利的女作家，但現在似乎專在德國做事，一切戰鬥的科學底社會主義的期刊——尤其是專為青年和少年而設的頁子上，總能夠看見她的姓名。作品很不少，緻密的觀察，堅實的文章，足夠成為真正的社會主義作家之一人，而使她有世界底的名聲者，則大概由於那獨創底的童話云。

不消說，作者的本意，是寫給勞動者的孩子們看的，但輸入中國，結果卻又不如此。首先的緣故，是勞動者的孩子們輪不到受教育，不能認識這四方形的字和格子布模樣的文章，所以在他們，和這是毫無關係，且不說他們的無錢可買書和無暇去讀書。但是，即使在受過教育的孩子們的眼中，那結果也還是和在別國不一樣。

為什麼呢？第一，還是因為文章，故事第五篇中所諷刺的話法的缺點，在我們的文章中可以說是幾乎全篇都是。第二，這故事前四篇所用的背景，是：煤礦，森林，玻璃廠，染色廠；讀者恐怕大多數都未曾親歷，那麼，印象也當然不能怎樣地分明。第三，作者所被認為「真正的社會主義作家」者，我想，在這裡，有主張大家的生存權（第二篇），主張一切應該由戰鬥得到（第六篇之末）等處，可以看出，但披上童話的花衣，而就遮掉些斑斕的血汗了。尤其是在中國僅有幾本這種的童話孤行，而並無基本底，堅實底的文籍相幫的時候。並且，我覺得，第五篇中銀茶壺的話，太富於纖細的，瑣屑的，女性底的色彩，在中國現在，或者更易得到共鳴罷，然而卻應當忽略的。

第四，則故事中的物件，在歐美雖然很普通，中國卻縱是中產人家，也往往未曾見過。火爐即是其一；水瓶和杯子，則是細頸大肚的玻璃瓶和長圓的玻璃杯，在我們這裡，只在西洋菜館的桌上和汽船的二等艙中，可以見到。破雪草也並非我們常見的植物，有是有的，藥書上稱為「獐耳細辛」（多麼煩難的名目呵！），是一種毛茛科的小草，葉上有毛，冬末就開白色或淡紅色的小花，來「報告冬天就要收場的好消息」。日本稱為「雪割草」，就為此。破雪草又是日本名的意譯，我曾用在《桃色的雲》[4]上，現在也襲用了，似乎較勝於「獐耳細辛」之古板罷。

總而言之，這作品一經搬家，效果已大不如作者的意料。倘使硬要加上一種意義，那麼，至多，也許可以供成人而不失赤子之心的，或並未勞動而不忘勤勞大眾的人們的一覽，或者給留心世界文學的人們，報告現代勞動者文學界中，有這樣的一位作家，這樣的一種作品罷了。

原譯本有六幅喬治・格羅斯[5]（George Grosz）的插圖，現在也加上了，但因為幾經翻印，和中國製版術的拙劣，製版者的不負責任，已經幾乎全失了原作的好處，——尤其是如第二圖，——只能算作一個空名的紹介。

格羅斯是德國人，原屬踏踏主義（Dadaismus）者之一人，後來卻轉了左翼。據匈牙利的批評家瑪察（I.Matza）[6]說，這是因為他的藝術要有內容——思想，已不能被踏踏主義所牢籠的緣故。歐洲大戰時候，大家用毒瓦斯來打仗，他曾畫了一幅諷刺畫[7]，給釘在十字架上的耶穌的嘴上，也蒙上一個避毒的嘴套，於是很受了一場罰，也是有名的事，至今還頗有些人記得的。

一九二九年九月十五日，校訖記。

【注釋】

1 本篇最初印入一九二九年十一月上海春潮書局出版的《小彼得》中譯本。

《小彼得》，原名《小彼得的朋友們講的故事》，由許霞（許廣平）翻譯，魯迅校改。

2 林房雄（一九〇三—一九七五）日本小說家，軍國主義分子。

3 海爾密尼亞·至爾·妙倫（Hermynia Zur Muehlen，一八八三—一九五一），德國女作家。生於維也納，童年隨父到過歐亞不少國家。她熟悉工人生活，曾參加德國無產階級文學活動。一九三三年在德國納粹黨壓迫下，長期流亡國外。她的作品除《小彼得》和文中所說的《真理之城》外，還有《玫瑰》、《織毯工阿里》等。

4 俄國愛羅先珂作的童話劇，魯迅的中文譯本於一九二三年七月北京新潮社出版。

5 喬治·格羅斯（一八九三—一九五九），德國諷刺畫家，裝幀設計家，一九三三年移居美國。

6 匈牙利文藝批評家，生於捷克；一九二三年移居蘇聯，從事藝術理論教學和研究工作。他對格羅斯的評論，見他所著《現代歐洲的藝術》（有馮雪峰中譯本，一九三〇年六月上海大江書鋪出版）。

7 指格羅斯於一九二三年畫的《耶穌受難像》。一九二五年他因畫《資產階級的鏡子》，曾受到德國當局的審訊。

流氓的變遷[1]

孔墨都不滿於現狀，要加以改革，但那第一步，是在說動人主，而那用以壓服人主的傢伙，則都是「天」[2]。

孔子之徒為儒，墨子之徒為俠[3]。「儒者，柔也」[4]，當然不會危險的。惟俠老實，所以墨者的末流，至於以「死」[5]為終極的目的。到後來，真老實的逐漸死完，只留下取巧的俠，漢的大俠，就已和公侯權貴相饋贈[6]，以備危急時來作護符之用了。

司馬遷說：「儒以文亂法，而俠以武犯禁」[7]，「亂」之和「犯」，決不是

「叛」，不過鬧點小亂子而已，而況有權貴如「五侯」[8]者在。

「俠」字漸消，強盜起了，但也是俠之流，他們的旗幟是「替天行道」。他們所反對的是奸臣，不是天子，他們所打劫的是平民，不是將相。李逵劫法場[9]時，掄起板斧來排頭砍去，而所砍的是看客。一部《水滸》，說得很分明：因為不反對天子，所以大軍一到，便受招安，替國家打別的強盜——不「替天行道」[10]的強盜去了。終於是奴才。

滿洲入關，中國漸被壓服了，連有「俠氣」的人，也不敢再起盜心，不敢指斥奸臣，不敢直接為天子效力，於是跟一個好官員或欽差大臣，給他保鑣，替他捕盜，一部《施公案》[11]，也說得很分明，還有《彭公案》[12]，《七俠五義》[13]之流，至今沒有窮盡。他們出身清白，連先前也並無壞處，雖在欽差之下，究居平民之上，對一方面固然必須聽命，對別方面還是大可逞雄，安全之度增多了，奴性也跟著加足。

然而為盜要被官兵所打，捕盜也要被強盜所打，要十分安全的俠客，是覺得都不妥當的，於是有流氓。和尚喝酒他來打，男女通姦他來捉，私娼私販他來凌辱，為的是維持風化；鄉下人不懂租界章程他來欺侮，為的是看不起無知；剪髮女人他來嘲罵，社會改革者他來憎惡，為的是寶愛秩序。但後面是傳統的靠山，對手又都非浩蕩的強敵，他就在其間橫行過去。現在的小說，還沒有寫出這一種典型的書，惟《九尾龜》[14]中的章秋谷，以為他給妓女吃苦，是因為她要敲人們竹槓，所以給以懲罰之類的敘述，約略近之。

由現狀再降下去，大概這一流人將成為文藝書中的主角了，我在等候「革命文學家」張資平[15]「氏」的近作。

【注釋】

1 本篇最初發表於一九三〇年一月一日上海《萌芽月刊》第一卷第一期。

2 指儒、墨兩家著作中的所謂「天命」、「天意」。如《論語．季氏》：「君子有三畏：畏天命，畏大人，畏聖人之言。」《墨子．天志》：「順天意者兼相愛，交相利，必得賞。反天意者別相惡，交相賊，必得罰。」

3 墨子（約公元前四六八－公元前三七六），名翟，春秋戰國之際魯國人，墨家學派的創始者。他的言行，經他的弟子及後學輯入《墨子》一書。墨子之徒多尚武。他死後，他的學派起分化，以宋鈃，許行等為代表的正統派，到秦漢時演化成為遊俠。

4 見許慎《說文解字》：「儒者，柔也，術士之稱。」

5 指遊俠中流行的所謂「其言必信，其行必果，已諾必誠，不愛其軀」（見《史記．遊俠列傳》）的一種俠義精神。這些遊俠往往為某些權貴所豢養。「士為知己者死」，就是他們的道德觀念。

6 漢代的大俠多和權貴交往勾結，如《漢書・遊俠傳》載，陳遵「居長安中，列侯近臣貴戚皆貴重之。牧守當之官，及郡國豪傑至京師者，莫不相因到遵門。」

7 語見《韓非子・五蠹》。司馬遷在《史記・遊俠列傳》中也曾引用此語。

8 漢成帝（劉驁）河平二年（公元前二十七），外戚王譚、王逢時、王根、王立、王商兄弟五人同日封侯，當時稱為「五侯」。據《漢書・遊俠傳》載，「五侯」豢養許多儒俠之士，其中大俠樓護（君卿）最受信用，是「五侯上客」。

9 見一百二十回本《水滸傳》第四十回。

10 即《水滸傳》，元末明初施耐庵作，是一部以北宋宋江領導的農民起義為題材的長篇小說。書中有宋江受朝廷招安後又去鎮壓方臘等農民起義軍的情節。「替天行道」是宋江一貫打著的旗號。

11 清代公案小說，作者不詳，共九十七回。寫康熙年間施仕倫官江都知縣至漕運總督時，黃天霸為他辦案的故事，一八三八年印行。

12 清代公案小說，署貪夢道人作，共一百回。寫康熙年間一幫江湖俠客為三河知縣彭鵬辦案的故事，一八九一年印行。

13 原名《三俠五義》，清代俠義小說，署石玉昆述，入迷道人編訂，共一百二十回。一八七九年印行，後經俞樾修訂，一八八九年重印，改名《七俠五義》。前半部主要寫包拯審案的故事，後半部主要寫江湖俠客的活動。

14 張春帆作，描寫妓女生活的小說，一九一〇年出版。

15 張資平（一八九三—一九五九），廣東梅縣人。曾是創造社成員，寫過大量三角戀愛的小說，在革命文學論爭中，自稱「轉換方向」，抗日戰爭時期墮落為漢奸。

新月社批評家的任務[1]

新月社中的批評家[2]，是很憎惡嘲罵的，但只嘲罵一種人，是做嘲罵文章者。新月社中的批評家，是很不以不滿於現狀的人為然的，但只不滿於一種現狀，是現在竟有不滿於現狀者。

這大約就是「即以其人之道，還治其人之身」[3]，揮淚以維持治安的意思。

譬如，殺人，是不行的。但殺掉「殺人犯」的人，雖然同是殺人，又誰能說他錯？打人，也不行的。但大老爺要打鬥毆犯人的屁股時，皂隸來一五一十的打，難道也算犯罪麼？新月社批評家雖然也有嘲罵，也有不滿，而獨能超然於嘲罵和不滿的罪惡之外者，我以為就是這一個道理。

但老例，劊子手和皂隸既然做了這樣維持治安的任務，在社會上自然要得到幾分的敬畏，甚至於還不妨隨意說幾句話，在小百姓面前顯顯威風，只要不大妨害治安，長官向來也就裝作不知道了。

現在新月社的批評家這樣盡力地維持了治安，所要的卻不過是「思想自由」[4]，想想而已，絕不實現的思想。而不料遇到了別一種維持治安法[5]，竟連想也不准想了。從此以後，恐怕要不滿於兩種現狀了罷。

【注釋】

1 本篇最初發表於一九三〇年一月一日《萌芽月刊》第一卷第一期。

2 指梁實秋。他在《新月》月刊第二卷第五號（一九二九年七月）發表的《論批評的態度》中，提倡所謂『嚴正』的批評」，攻擊「幽默而諷刺的文章」是「粗糙叫囂的文字」，指責「對於現狀不滿」的青年只是「說幾句尖酸刻薄的俏皮話」。

3 語見《中庸》，宋代朱熹注。

4 新月派當時曾提倡「思想自由」。如梁實秋在《新月》月刊第二卷第三號（一九二九年五月）《論思想統一》中說：「我們反對思想統一，我們要求思想自由。」

5 指國民黨的思想統制。當時新月派要求的「思想自由」也得不到允許，例如胡適在一九二九年《新月》月刊上先後發表《人權與約法》、《知難，行亦不易》等文，國民黨當局認為他「批評黨義」、「污辱總理」，曾議決由教育部對胡適加以「警戒」。

書籍和財色[1]

今年在上海所見，專以小孩子為對手的糖擔，十有九帶了賭博性了，用一個銅元，經一種手續，可有得到一個銅元以上的糖的希望。但專以學生為對手的書店，所給的希望卻更其大，更其多——因為那對手是學生的緣故。

書籍用實價，廢去「碼洋」的陋習，是始於北京的新潮社——北新書局[2]的，後來上海也多仿行，蓋那時改革潮流正盛，以為買賣兩方面，都是志在改進的人（書店之以介紹文化者自居，至今還時見於廣告上），正不必先定虛價，再打折扣，玩些互相欺騙的把戲。然而將麻雀牌送給世界，且以此自豪的人民，對於這樣簡捷了當，沒有意外之利的辦法，是終於耐不下去的。

於是老病出現了，先是小試其技：送畫片。繼而打折扣，自九折以至對折，但自然又不是舊法，因為總有一個定期和原因，或者因為學校開學，或者因為本店開張一年半的紀念之類。花色一點的還有贈絲襪，請吃霜淇淋，附送一隻錦盒，內藏十件寶貝，價值不貲。更加見得切實，然而確是驚人的，是定一年報或買幾本書，便有得到「勸學獎金」一百元或「留學經費」二千元的希望。洋場上的「輪盤賭」[3]，付給贏家的錢，最多也不過每一元付了三十六元，真不如買書，那「希望」之大，遠甚遠甚。

我們的古人有言，「書中自有黃金屋」，現在漸在實現了。但後一句，「書中自有顏如玉」[4]呢？

日報所附送的畫報上，不知為了什麼緣故而登載的什麼「女校高材生」和什麼「女士在樹下讀書」的照相之類，且作別論，則買書一元，贈送裸體畫片的勾當，是應該舉為帶著「顏如玉」氣味的一例的了。在醫學上，「婦人科」雖然設有專科，但在文藝上，「女作家」分為一類[5]卻未免濫用了體質的差別，令人覺得有些特別的。但最露骨的是張競生[6]博士所開的「美的書店」，曾經對面呆站著兩個年青臉白的女店員，給買主可以問她「《第三種水》出了沒有？」等類，一舉兩得，有玉有書。可惜「美的書店」竟遭禁止。張博士也改弦易轍，去譯《盧騷懺悔錄》[7]，此道遂有中衰之嘆了。

書籍的銷路如果再消沉下去，我想，最好是用女店員賣女作家的作品及照片，仍然抽彩，給買主又有得到「勸學」，「留學」的款子的希望。

【注釋】

1 本篇最初發表於一九三〇年二月一日《萌芽月刊》第一卷第二期。

2 北京大學部分學生和教員組成的文化團體，主要成員有傅斯年、羅家倫、楊振聲和周作人等。一九一八年底成立。一九一九年一月創辦《新潮》月刊，次年八月起出版《新潮社叢書》，一九二三年起出版《新潮社文藝叢書》。北新書局，一九二五年三月成立於北京，由原新潮社成員李小峰主持。當時主要出版新文藝書籍。

3 歐洲賭場中的一種賭博方法，當時也盛行於上海租界。

4 出自宋真宗（趙恒）所作的《勸學文》：「讀，讀，讀！書中自有黃金屋；讀，讀，讀！書中自有千鍾粟；讀，讀，讀！書中自有顏如玉。」

5 張若谷曾編輯《女作家雜誌》，一九二九年九月由上海女作家雜誌社出版。

6 張競生，廣東饒平人，法國巴黎大學哲學博士，曾任北京大學教授。著有《美的人生觀》、《美的社會組織法》等。一九二六年起在上海編輯《新文化》月刊，一九二七年開設美的書店（不久即被封閉），宣傳色情文化。「第三種水」即為該店出版的書籍之一。

7 盧梭於一七七八年寫的自傳體小說。張競生曾翻譯它的第一、二部分，一九二九年上海美的書店出版。

我和《語絲》的始終[1]

同我關係較為長久的，要算《語絲》了。

大約這也是原因之一罷，「正人君子」們的刊物，曾封我為「語絲派主將」，連急進的青年所做的文章，至今還說我是《語絲》的「指導者」。去年，非罵魯迅便不足以自救其沒落的時候，我曾蒙匿名氏寄給我兩本中途的《山雨》，打開一看，其中有一篇短文，大意是說我和孫伏園君在北京因被晨報館所壓迫，創辦《語絲》，現在自己一做編輯，便在投稿後面亂加按語，曲解原意，壓迫別的作者了，孫伏園君卻有絕好的議論，所以此後魯迅應該聽命於伏園[2]。這聽說是張孟聞[3]先生的大文，雖然署名是另外兩個字。看來好像一群人，其實不過一兩個，這種事現在是常有的。

自然，「主將」和「指導者」，並不是壞稱呼，被晨報館所壓迫，也不能算是恥辱，老人該受青年的教訓，更是進步的好現象，還有什麼話可說呢。但是，「不虞之譽」[4]，也和「不虞之毀」一樣地無聊，如果生平未曾帶過一兵半卒，而有人拱手頌揚道，「你真像拿破崙[5]呀！」則雖是志在做軍閥的未來的英雄，也不會怎樣舒服的。我並非「主將」的事，前年早已聲辯了——雖然似乎很少效力——這回想要寫一點下來的，是我從來沒有受過晨報館的壓迫，也並不是和孫伏園先生兩個人創辦了《語絲》。這的創辦，倒要歸功於伏園一位的。

那時伏園是《晨報副刊》[6]的編輯，我是由他個人來約，投些稿件的人。然而我並沒有什麼稿件，於是就有人傳說，我是特約撰述，無論投稿多少，每月總有酬金三四十元的。據我所聞，則晨報館確有這一種太上作者，但我並非其中之一，不過因為先前的師生——恕我僭妄，暫用這兩個字——關係罷，似乎也頗受優待：一是稿子一去，刊登得快；二是每千字二元至三元的稿費，每月底大抵可以取到；三是短短的雜評，有時也送些稿費來。

但這樣的好景象並不久長，伏園的椅子頗有不穩之勢。因為有一位留學生[7]（不幸我忘掉了他的名姓）新從歐洲回來，和晨報館有深關係，甚不滿意於副刊，決計加以改革，並且為戰鬥計，已經得了「學者」[8]的指示，在開手看Anatole France[9]的小說了。

那時的法蘭斯，威爾士，蕭[10]，在中國是大有威力，足以嚇倒文學青年的名字，正如今年的辛克萊兒一般，所以以那時而論，形勢實在是已經非常嚴重。不過我現在無從確說，從那位留學生開手讀法蘭斯的小說起到伏園氣忿忿地跑到我的寓裡來為止的時候，其間相距是幾月還是幾天。

「我辭職了。可惡！」

這是有一夜，伏園來訪，見面後的第一句話。那原是意料中事，不足異的。第二步，我當然要問問辭職的原因，而不料竟和我有了關係。他說，那位留學生乘他外出時，到排字房去將我的稿子抽掉，因此爭執起來，弄到非辭職不可了。但我並不氣忿，因為那稿子不過是三段打油詩，題作《我的失戀》，是看見當時「啊呀啊唷，我要死了」之類的失戀詩盛行，故意做一首用「由她去罷」收場的東西，開開玩笑的。這詩後來又添了一段，登在《語絲》上，再後來就收在《野草》中。而且所用的又是另一個新鮮的假名，在不肯登載第一次看見姓名的作者的稿子的刊物上，也當然很容易被有權者所放逐的。

但我很抱歉伏園為了我的稿子而辭職，心上似乎壓了一塊沉重的石頭。幾天之後，他提議要自辦刊物了，我自然答應願意竭力「吶喊」。至於投稿者，倒全是他獨力邀來的，記得是十六人，不過後來也並非都有投稿。於是印了廣告，到各處張貼，分散，大約又一星期，一張小小的週刊便在北京——尤其是大學附近——出現了。這便是《語絲》。

那名目的來源，聽說，是有幾個人，任意取一本書，將書任意翻開，用指頭點下去，那被點到的字，便是名稱。那時我不在場，不知道所用的是什麼書，是一次便得了《語絲》的名，還是點了好幾次，而曾將不像名稱的廢去。但要之，即此已可知這刊物本無所謂一定的目標，統一的戰線；那十六個投稿者，意見態度也各不相同，例如顧頡剛教授，投的便是「考古」稿子，不如說，和《語絲》的喜歡涉及現在社會者，倒是相反的。

不過有些人們，大約開初是只在敷衍和伏園的交情的罷，所以投了兩三回稿，便取「敬而遠之」的態度，自然離開。連伏園自己，據我的記憶，自始至今，也只做過三回文字，末一回是宣言從此要大為《語絲》撰述，然而宣言之後，卻連一個字也不見了。於是《語絲》的固定的投稿者，至多便只剩了五六人，但同時也在不意中顯了一種特色，是：任意而談，無所顧忌，要催促新的產生，對於有害於新的舊物，則竭力加以排擊，——但應該產生怎樣的「新」，卻並無明白的表示，而一到覺得有些危急之際，也還是故意隱約其詞。

陳源教授痛斥「語絲派」的時候，說我們不敢直罵軍閥，而偏和握筆的名人為難，便由於這一點[11]。但是，叱吧兒狗險於叱狗主人，我們其實也知道的，所以隱約其詞者，不過要使走狗嗅得，跑去獻功時，必須詳加說明，比較地費些力氣，不能直捷痛快，就得好處而已。

當開辦之際，努力確也可驚，那時做事的，伏園之外，我記得還有小峰和川島[12]，都是乳毛還未褪盡的青年，自跑印刷局，自去校對，自疊報紙，還自己拿到大眾聚集之處去兜售，這真是青年對於老人，學生對於先生的教訓，令人覺得自己只用一點思索，寫幾句文章，未免過於安逸，還須竭力學好了。

但自己賣報的成績，聽說並不佳，一紙風行的，還是在幾個學校，尤其是北京大學，尤其是第一院（文科）。理科次之。在法科，則不大有人顧問。倘若說，北京大學的法，政，經濟科出身諸君中，絕少有《語絲》的影響，恐怕是不會很錯的。至於對於《晨報》的影響，我不知道，但似乎也頗受些打擊，曾經和伏園來說和，伏園得意之餘，忘其所以，曾以勝利者的笑容，笑著對我說道：「真好，他們竟不料踏在炸藥上了！」

這話對別人說是不算什麼的。但對我說，卻好像澆了一碗冷水，因為我即刻覺得這「炸藥」是指我而言，用思索，做文章，都不過使自己為別人的一個小糾葛而粉身碎骨，心裡就一面想：

「真糟，我竟不料被埋在地下了！」

我於是乎「彷徨」起來。

譚正璧[13]先生有一句用我的小說的名目，來批評我的作品的經過的極伶俐而省事的話道：「魯迅始於『吶喊』而終於『彷徨』」（大意），我以為移來敘述我和《語絲》由始以至此時的歷史，倒是很確切的。

但我的「彷徨」並不用許多時，因為那時還有一點讀過尼采的《Zarathustra》[14]的餘波，從我這裡只要能擠出——雖然不過是擠出——文章來，就擠了去罷，從我這裡只要能做出一點「炸藥」來，就拿去做了罷，於是也就決定，還是照舊投稿了——雖然對於意外的被利用，心裡也耿耿了好幾天。

《語絲》的銷路可只是增加起來，原定是撰稿者同時負擔印費的，我付了十元之後，就不見再來收取了，因為收支已足相抵，後來並且有了盈餘。於是小峰就被尊為「老闆」，但這推尊並非美意，其時伏園已另就《京報副刊》編輯之職，川島還是搗亂小孩，所以幾個撰稿者便只好掛住了多睒眼而少開口的小峰，加以榮名，勒令拿出盈餘來，每月請一回客。這「將欲取之，必先與之」的方法果然奏效，從此市場中的茶居或飯鋪的或一房門外，有時便會看見掛著一塊上寫「語絲社」的木牌。倘一駐足，也許就可以聽到疑古玄同[15]先生的又快又響的談吐。但我那時是在避開宴會的，所以毫不知道內部的情形。

我和《語絲》的淵源和關係，就不過如此，雖然投稿時多時少。但這樣地一直繼續到我走出了北京。到那時候，我還不知道實際上是誰的編輯。

到得廈門，我投稿就很少了。一者因為相離已遠，不受催促，責任便覺得輕；二者因為人地生疏，學校裡所遇到的又大抵是些念佛老嫗式口角，不值得費紙墨。倘能做《魯賓孫教書記》或《蚊蟲叮卵脬論》，那也許倒很有趣的，而我又沒有這樣的「天才」，所以只寄了一點極瑣碎的文字。這年底到了廣州，投稿也很少。第一原因是和在廈門相同的；第二，先是忙於事務，又看不清那裡的情形，後來頗有感慨了，然而我不想在它的敵人的治下去發表。

不願意在有權者的刀下，頌揚他的威權，並奚落其敵人來取媚，可以說，也是「語絲派」一種幾乎共同的態度。所以《語絲》在北京雖然逃過了段祺瑞及其吧兒狗們的撕裂，但終究被「張大元帥」[16]所禁止了，發行的北新書局，且同時遭了封禁，其時是一九二七年。

這一年，小峰有一回到我的上海的寓居，提議《語絲》就要在上海印行，且囑我擔任做編輯。以關係而論，我是不應該推託的。於是擔任了。從這時起，我才探問向來的編法。那很簡單，就是：凡社員的稿件，編輯者並無取捨之權，來則必用，只有外來的投稿，由編輯者略加選擇，必要時且或略有所刪除。所以我應做的，不過後一段事，而且社員的稿子，實際上也十之九直寄北新書局，由那裡逕送印刷局的，等到我看見時，已在印釘成書之後了。

所謂「社員」，也並無明確的界限，最初的撰稿者，所餘早已無多，中途出現的人，則在中途忽來忽去。因為《語絲》是又有愛登碰壁人物的牢騷的習氣的，所以最初出陣，尚無用武之地的人，或本在別一團體，而發生意見，借此反攻的人，也每和《語絲》暫時發生關係，待到功成名遂，當然也就淡漠起來。至於因環境改變，意見分歧而去的，那自然尤為不少。因此所謂「社員」者，便不能有明確的界限。前年的方法，是只要投稿幾次，無不刊載，此後便放心發稿，和舊社員一律待遇了。但經舊的社員紹介，直接交到北新書局，刊出之前，為編輯者的眼睛所不能見者，也間或有之。

經我擔任了編輯之後，《語絲》的時運就很不濟了，受了一回政府的警告，遭了浙江當局的禁止，還招了創造社式「革命文學」家的拚命的圍攻。警告的來由，我莫名其妙，有人說是因為一篇戲劇[17]；禁止的緣故也莫名其妙，有人說是因為登載了揭發復旦大學內幕的文字，而那時浙江的黨務指導委員[18]老爺卻有復旦大學出身的人們。至於創造社派的攻擊，那是屬於歷史底的了，他們在把守「藝術之宮」，還未「革命」的時候，就已經將「語絲派」中的幾個人看作眼中釘的，敘事夾在這裡太冗長了，且待下一回再說罷。

但《語絲》本身，卻確實也在消沉下去。一是對於社會現象的批評幾乎絕無，連這一類的投稿也少有，二是所餘的幾個較久的撰稿者，這時又少了幾個了。前者的原因，我以為是在無話可說，或有話而不敢言，警告和禁止，就是一個實證。後者，我恐怕是其咎在我的。舉一點例罷，自從我萬不得已，選登了一篇極平和的糾正劉半農[19]先生的「林則徐被俘」之誤的來信以後，他就不再有片紙隻字；江紹原[20]先生紹介了一篇油印的《馮玉祥先生……》來，我不給編入之後，紹原先生也就從此沒有投稿了。並且這篇油印文章不久便在也是伏園所辦的《貢獻》上登出，上有鄭重的小序[21]，說明著我託辭不載的事由單。

還有一種顯著的變遷是廣告的雜亂。看廣告的種類，大概是就可以推見這刊物的性質的。例如「正人君子」們所辦的《現代評論》上，就會有金城銀行的長期廣告，南洋華僑學生所辦的《秋野》[22]上，就能見「虎標良藥」的招牌。雖是打著「革命文學」旗子的小報，只要有那上面的廣告大半是花柳藥和飲食店，便知道作者和讀者，仍然和先前的專講妓女戲子的小報的人們同流，現在不過用男作家，女作家來替代了倡優，或捧或罵，算是在文壇上做工夫。

《語絲》初辦的時候，對於廣告的選擇是極嚴的，雖是新書，倘社員以為不是好書，也不給登載。因為是同人雜誌，所以撰稿者也可行使這樣的職權。聽說北新書局之辦《北新半月刊》，就因為在《語絲》上不能自由登載廣告的緣故。但自從移在上海出版以後，書籍不必說，連醫生的診例也出現了，襪廠的廣告也出現了，甚至於立癒遺精藥品的廣告也出現了。固然，誰也不能保證《語絲》的讀者絕不遺精，況且遺精也並非惡行，但善後辦法，卻須向《申報》之類，要穩當，則向《醫藥學報》的廣告上去留心的。我因此得了幾封詰責的信件，又就在《語絲》本身上登了一篇投來的反對的文章[23]。

但以前我也曾盡了我的本分。當襪廠出現時，曾經當面質問過小峰，回答是「發廣告的人弄錯的」；遺精藥出現時，是寫了一封信，並無答覆，但從此以後，廣告卻也不見了。我想，在小峰，大約還要算是讓步的，因為這時對於一部分的作家，早由北新書局致送稿費，不只負發行之責，而《語絲》也因此並非純粹的同人雜誌了。

積了半年的經驗之後，我就決計向小峰提議，將《語絲》停刊，沒有得到贊成，我便辭去編輯的責任。小峰要我尋一個替代的人，我於是推舉了柔石。

但不知為什麼，柔石編輯了六個月，第五卷的上半卷一完，也辭職了。

以上是我所遇見的關於《語絲》四年中的瑣事。試將前幾期和近幾期一比較，便知道其間的變化，有怎樣的不同，最分明的是幾乎不提時事，且多登中篇作品了，這是因為容易充滿頁數而又可免於遭殃。雖然因為毀壞舊物和戳破新盒子而露出裡面所藏的舊物來的一種突擊之力，至今尚為舊的和自以為新的人們所憎惡，但這力是屬於往昔的了。

十二月二十二日。

【注釋】

1 本篇最初發表於一九三〇年二月一日《萌芽月刊》第一卷第二期，發表時還有副題《「我所遇見的六個文學團體」之五》。

2 半月刊，一九二八年八月在上海創刊，同年十二月停刊。該刊第一卷第四期（一九二八年十月）發表署名西屏的《聯想三則》，其中說：

「《山雨》在《語絲》第四卷第十七期發表過一則訃聞（按指《偶像與奴才》一文後所附致魯迅信中說的《山雨》在寧波創刊未成一事），這在本刊第一期的發刊刑已經提起過了。現在所以要重提者，則是關於魯迅先生的事。魯迅先生在那篇訃聞後面，附有覆信，其辭曰：『讀了來稿之後，我有些地方是不同意的。其一，便是我覺得自己也是頗喜歡輸入洋文藝者之一。……』這幾句話簡直在派我是反對，或者客氣一些說來是頗不喜歡輸入洋文藝者之一。……推繹魯迅先生之所以有這個誤解者，大抵是我底去稿太壞之故，因為他是說『讀了來稿之後』也。文字的題目是《偶像與奴才》，文中也頗引些外國名人的話，……我想這至少也可免去我是頑固而反對輸入洋派的嫌疑吧，——然而仍然不免。

因此，我聯想起一件故事來。記得孫伏園先生編輯《晨報副刊》時，曾經登載打孔家店的老將吳虞底豔體詩，沒有加以明白的說明，引起讀者的責問，於是孫老先生就有《淺薄的讀者》一篇教訓文字，於是而有幽默的提倡。此時回想當日，覺得魯迅先生似乎也有做伏園先生教訓的讀者之資格。」

3 張孟聞，筆名西屏，浙江寧波人，《山雨》半月刊的編者之一。一九二八年三、四月間，他和魯迅關於《偶像與奴才》一文的通信，現收入《集外集拾遺補編》，題為《通訊（覆張孟聞）》。

4 語見《孟子·離婁》。不虞，意料不到。

5 拿破崙（Napolon Bonaparte，一七六九—一八二一），法國軍事家、政治家，法蘭西第一帝國皇帝。他曾不斷率軍向外侵略歐洲各國。

6 研究系機關報《晨報》的副刊，一九二一年十月十二日創刊。《晨報》在政治上擁護北洋政府，但《晨報副刊》在進步力量的推動下，一個時期內是贊助新文化運動的重要期刊之一。一九二一年秋至一九二四年冬由孫伏園編輯。

7 指劉勉己，他在一九二四年回國後任《晨報》代理總編輯。

8 指陳西瀅。徐志摩在一九二六年一月十三日《晨報副刊》《「閒話」引出來的閒話》中，說陳源「私淑」法朗士，學他已經「有根」了，「只有像西瀅那樣，……才當得起『學者』的名詞」。

9 法蘭斯（一八四四—一九二四），通譯法朗士，法國作家。著有長篇小說《波納爾之罪》、《黛依絲》、《企鵝島》等。

10 威爾士（H.G.Wells，一八六六—一九四六），英國作家，著有長篇小說《未來的世界》、《世界史綱》等。

蕭，即蕭伯納（G.B.Shaw，一八五六—一九五〇），英國劇作家、批評家，著有劇本《賣花女》、《華倫夫人的職業》等。

11 陳源疑為涵盧（即高一涵）。一九二六年初，當魯迅與陳源進行論戰時，涵盧在《現代評論》

第四卷第八十九期（一九二六年二月二十一日）的一則《閒話》中說：「我二十四分的希望一般文人收起互罵的去寶……萬一罵溜了嘴，不能收束，正可以同那實在可罵而又實在不敢罵的人們，鬥鬥法寶，就是到天橋走走，似乎也還值得些！否則既不敢到天橋去，又不敢不罵人，所以專將法寶在無槍階級的頭上亂祭，那末，罵人誠然是罵人，卻是高傲也難乎其為高傲罷。」按當時北京的刑場在天橋附近。

12 章廷謙，筆名川島，浙江紹興人，當時北京大學學生。

13 譚正璧，江蘇嘉定（今屬上海）人，文學工作者。他在《中國文學進化史》（一九二九年九月上海光華書局出版）中說：「魯迅的小說集是《吶喊》和《彷徨》，許欽文、王魯彥、老舍、芳草等和他是一派……這派作者，起初大都因耐不住沉寂而起來『吶喊』，後來屢遭失望，所收穫的只是異樣的空虛，於是只有『彷徨』於十字街頭了。」

14 即《查拉圖斯特拉如是說》，尼采於一八八三年至一八八五年寫的哲學著作。書中借古代波斯的「聖者」查拉圖斯特拉宣揚超人學說。

15 即錢玄同。

16 即張作霖（一八七五－一九二八），遼寧海城人，奉系軍閥首領。一九二四年起把持北洋政府，一九二七年六月自封「中華民國軍政府陸海軍大元帥」。他於一九二七年十月查封了北新書局和《語絲》。

17 指《語絲》第四卷第十二期（一九二八年三月十九日）白薇作的獨幕劇《革命神的受難》。

18 指許紹棣。《語絲》第四卷第三十二期（一九二八年八月六日）刊載了讀者馮珧《談談復旦大學》一文，揭露復旦大學內部一些腐敗情況。出身於該校的許紹棣便於一九二八年九月，用國民黨浙江省黨務指導委員會的名義，以「言論乖謬，存心反動」的罪名，在浙江查禁了《語絲》並其他書刊十五種。

19 劉半農（一八九一－一九三四）名復，江蘇江陰人，作家。當時是北京大學教授，《語絲》

經常撰稿人之一。他在《語絲》第四卷第九期（一九二八年二月二十七日）發表《雜覽之十六．林則徐照會英吉利國王公文》，其中說林被英人俘虜，並且「明正了典刑，在印度舁屍遊街」。《語絲》第四卷第十四期刊登了讀者洛卿的來信，指出了這一錯誤。

20 江紹原，安徽旌德人。當時北京大學講師，《語絲》撰稿人之一。

21 旬刊，國民黨改組派的刊物，一九二七年十二月五日創刊於上海。該刊第三卷第一期（一九二八年六月五日）發表簡又文的《我所認識的馮玉祥及西北軍》，同時登載江紹原的介紹文章，其中說：

「同學簡又文先生，最近和我通信，裡面附有他著的小冊子（十六年十一月在旅滬廣東學校聯合會所講）《我所認識的馮玉祥及西北軍》，並問《語絲》能否登載。但《語絲》向來不轉載已經印出之刊物（魯迅先生復函中語），現在我便自動將它介紹給孫伏園先生主編的《貢獻》。我想注意馮氏及其軍隊的人們，必樂於參考簡又文先生的觀察和意見。」

22 月刊，上海暨南大學華僑學生組織的秋野社編輯，一九二七年十一月創刊，次年十月停刊。

23 指《語絲》第五卷第四期（一九二九年四月）的《建議撤銷廣告》。

魯迅譯著書目

一九二一年

《工人綏惠略夫》（俄國，阿爾志跋綏夫作中篇小說。商務印書館印行《文學研究會叢書》之一，後歸北新書局，為《未名叢刊》之一，今絕版。）

一九二二年

《一個青年的夢》（日本，武者小路實篤作，戲曲。商務印書館印行《文學研究會叢書》之一，後歸北新書局，為《未名叢刊》之一，今絕版。）

《愛羅先珂童話集》（商務印書館印行《文學研究會叢書》之一。）

一九二三年

《桃色的雲》（俄國，愛羅先珂作童話劇。北新書局印《未名叢刊》之一。

《吶喊》（短篇小說集，一九一八至二二年作，共十四篇。印行所同上。）
《中國小說史略》上冊（改訂之北京大學文科講義。印行所同上。）

一九二四年

《苦悶的象徵》（日本，廚川白村作，論文。北新書局印行《未名叢刊》之一。）
《中國小說史略》下冊（印行所同上。後合上冊為一本。）

一九二五年

《熱風》（一九一八至二四年的短評。印行所同上。）

一九二六年

《彷徨》（短篇小說集之二，一九二四至二五年作，共十一篇。印行所同上。）
《華蓋集》（短評集之二，皆一九二五年作。印行所同上。）
《華蓋集續編》（短評集之三，皆一九二六年作。印行所同上。）
《小說舊聞鈔》（輯錄舊文，間有考正。印行所同上。）
《出了象牙之塔》（日本，廚川白村作，隨筆，選譯。未名社印行《未名叢刊》之一，今歸北新書局。）

一九二七年

《墳》（一九〇七至二五年的論文及隨筆。未名社印行。今版被抵押，不能印。）
《朝華夕拾》（回憶文十篇。未名社印行《未名新集》之一。今版被抵押，由北新書局另排印行。）
《唐宋傳奇集》十卷（輯錄並考正。北新書局印行。）

一九二八年

《小約翰》（荷蘭，藹覃作，長篇童話。未名社印行《未名叢刊》之一。今版被抵押，不能印。）

《野草》（散文小詩。北新書局印行。）

《而已集》（短評集之四，皆一九二七年作。印行所同上。）

《思想山水人物》（日本，鶴見祐輔作，隨筆，選譯。印行所同上，今絕版。）

一九二九年

《壁下譯叢》（譯俄國及日本作家與批評家之論文集。印行所同上。）

《近代美術史潮論》（日本，板垣鷹穗作。印行所同上。）

《蕗谷虹兒畫選》（並譯題詞。朝華社印行《藝苑朝華》之一，今絕版。）

《無產階級文學的理論與實際》（日本，片上伸作。大江書店印行《文藝理論小叢書》之一。）

《藝術論》（蘇聯，盧那卡爾斯基作。印行所同上。）

一九三〇年

《藝術論》（俄國，蒲力汗諾夫作。光華書局印行《科學的藝術論叢書》之一。

《文藝與批評》（蘇聯，盧那卡爾斯基作，論文及演說。水沫書店印行同叢書之一。）

《文藝政策》（蘇聯，關於文藝的會議錄及決議。並同上。）

《十月》（蘇聯，雅各武萊夫作，長篇小說。神州國光社稿為《現代文藝叢書》之一，今尚未印。）

一九三一年

《藥用植物》（日本，米達夫作。商務印書館收稿，分載《自然界》中。）

《毀滅》（蘇聯，法捷耶夫作，長篇小說。三閒書屋印行。）

譯著之外，又有校勘者，為：

唐劉恂《嶺表錄異》三卷（以唐宋類書所引校《永樂大典》本，並補遺。未印。）

魏中散大夫《嵇康集》十卷（校明叢書堂鈔本，並補遺。未印。）

所纂輯者，為：

《古小說鉤沈》三十六卷（輯周至隋散逸小說。未印。）

謝承《後漢書》輯本五卷（多於汪文台輯本。未印。）

所編輯者，為：

《莽原》（週刊。北京《京報》附送，後停刊。）

《語絲》（週刊。所編為在北平被禁，移至上海出版後之第四卷至第五卷之半。北新書局印行，後廢刊。）

《奔流》（自一卷一冊起，至二卷五冊停刊。北新書局印行。）

《文藝研究》（季刊。只出第一冊。大江書店印行。）

所選定，校字者，為：

《故鄉》（許欽文作，短篇小說集。北新書局印行《烏合叢書》之一。）

《心的探險》（長虹作，雜文集。同上。）

《飄渺的夢》(向培良作,短篇小說集。同上。)

《忘川之水》(真吾詩選。北新書局印行。)

所校訂,校字者,為:

《蘇俄的文藝論戰》(蘇聯,褚沙克等,論文,附《蒲力汗諾夫與藝術問題》,任國楨譯。北新書局印行《未名叢刊》之一。)

《十二個》(蘇聯,勃洛克作,長詩,胡斆譯。同上。)

《爭自由的波浪》。(同上)。

《勇敢的約翰》(匈牙利,裴多菲．山大作,民間故事詩,孫用譯。湖風書局印行。)

《夏娃日記》(美國,馬克．吐溫作,小說,李蘭譯。湖風書局印行《世界文學名著譯叢》之一。)

所校訂者,為:

《二月》(柔石作,中篇小說。朝華社印行,今絕版。)

《小小十年》(葉永蓁作,長篇小說。春潮書局印行。)

《窮人》(俄國,陀思妥夫斯基作,小說,韋叢蕪譯。未名社印行《未名叢書》之一。)

《黑假面人》(俄國,安特來夫作,戲曲,李霽野譯。同上。)

《紅笑》(前人作,小說,梅川譯。商務印書館印行。)

《小彼得》(匈牙利,妙倫作,童話,許霞譯。朝華社印行,今絕版。)

《進化與退化》（周建人所譯，生物學的論文選集。光華書局印行。）
《浮士德與城》（蘇聯，盧那卡爾斯基作，戲曲，柔石譯，神州國光社印行《現代文叢書》之一。）
《靜靜的頓河》（蘇聯，蕭洛霍夫作，長篇小說，第一卷：賀非譯。同上。）
《鐵甲列車第一四——六九》（蘇聯，伊凡諾夫作，小說，侍桁譯。同上，未出。）

所印行者，為：

《士敏土之圖》（德國，梅斐爾德木刻十幅。珂羅版印。）
《鐵流》（蘇聯，綏拉菲摩維支作，長篇小說，曹靖華譯。）
《鐵流之圖》（蘇聯，畢斯凱萊夫木刻四幅。印刷中被炸毀。）

我所譯著的書，景宋[1]曾經給我開過一個目錄，載在《關於魯迅及其著作》[2]裡，但是並不完全的。這回因為開手編集雜感，打開了裝著和我有關的書籍的書箱，就順便另抄了一張書目，如上。

我還要將這附在《三閒集》的末尾。這目的，是為著自己，也有些為著別人。據書目察核起來，我在過去的近十年中，費去的力氣實在也並不少，即使校對別人的譯著，也真是一個字一個字的看下去，決不肯隨便放過，敷衍作者和讀者的，並且毫不懷著有所利用的意思。

雖說做這些事，原因在於「有閒」，但我那時卻每日必須將八小時為生活而出賣，用在譯作和校對上的，全是此外的工夫，常常整天沒有休息。倒是近四五年沒有先前那麼起勁了。

但這些陸續用去了的生命，實不只成為徒勞，據有些批評家言，倒都是應該從嚴發落的罪惡。做了「眾矢之的」者，也已經四五年，開首是「作惡」，後來是「受報」了，有幾位論客，還幾分含譏，幾分恐嚇，幾分快意的這樣「忠告」我。然而我自己卻並不全是這樣想，我以為我至今還是存在，只有將近十年沒有創作，而現在還有人稱我為「作者」，卻是很可笑的。

我想，這緣故，有些在我自己，有些則在於後起的青年的。在我自己的，是我確曾認真譯著，並不如攻擊我的人們所說的取巧，的投機。所出的許多書，功罪姑且弗論，即使全是罪惡罷，但在出版界上，也就是一塊不小的斑痕，要「一腳踢開」，必須有較大的腿勁。憑空的攻擊，似乎也只能一時收些效驗，而最壞的是他們自己又忽而影子似的淡去，消去了。

但是，試再一檢我的書目，那些東西的內容也實在窮乏得可以。最致命的，是：創作既因為我缺少偉大的才能，至今沒有做過一部長篇；翻譯又因為缺少外國語的學力，所以徘徊觀望，不敢譯一種世上著名的巨製。後來的青年，只要做出相反的一件，便不但打倒，而且立刻會跨過的。但僅僅宣傳些在西湖苦吟什麼出奇的新詩，在外國創作著百萬言的小說之類卻不中用。因為言太誇則實難副，志極高而心不專，就永遠只能得傳揚一個可驚可喜的消息；然而靜夜一想，自覺空虛，便又不免焦躁起來，仍然看見我的黑影遮在前面，好像一塊很大的「絆腳石」[3]了。

對於為了遠大的目的，並非因個人之利而攻擊我者，無論用怎樣的方法，我全都沒齒無怨言。但對於只想以筆墨問世的青年，我現在卻敢據幾年的經驗，以誠懇的心，進一個苦口的忠告。那就是：不斷的（！）努力一些，切勿想以一年半載，幾篇文字和幾本期刊，便立了空前絕後的大勳業。還有一點，是：不要只用力於抹殺別個，使他和自己一樣的空無，而必須跨過那站著的前人，比前人更加高大。初初出陣的時候，幼稚和淺薄都不要緊，然而也須不斷的（！）生長起來才好。並不明白文藝的理論而任意做些造謠生事的評論，寫幾句閒話便要撲滅異己的短評，譯幾篇童話就想抹殺一切的翻譯，歸根結柢，於己於人，還都是「可憐無益費精神」[4]的事，這也就是所謂「聰明誤」了。

當我被「進步的青年」[5]們所口誅筆伐的時候，我「還不到五十歲」，現在卻真的過了五十歲了，據盧南[6]（E.Renan）說，年紀一大，性情就會苛刻起來。我願意竭力防止這弱點，因為我又明明白白地知道：世界決不和我同死，希望是在於將來的。但燈下獨坐，春夜又倍覺淒清，便在百靜中，信筆寫了這一番話。

一九三二年四月二十九日，魯迅於滬北寓樓記。

【注釋】

1 許廣平（一八九八－一九六八），筆名景宋，廣東番禺人，魯迅夫人。著有《欣慰的紀念》、《關於魯迅的生活》、《魯迅回憶錄》等。

2 臺靜農編，收入當時關於《吶喊》的評論和魯迅訪問記等十四篇，一九二六年七月未名社出版。

3 高長虹曾在《狂飆》週刊第十期（一九二六年十二月十二日）的《瑣記兩則》中，暗指魯迅為「青年作者」的「絆腳石」說：「我所唯一希望於已成名之作者，則彼等如無賞鑒青年藝術運動的特識，而亦無幫助青年藝術運動之雅量者，至少亦希望彼等勿挾其歷史的勢力，而倒臥在青年的腳下以行其絆腳石式的開倒車狡計，亦勿一面介紹外國作品，一面則蠍子撩尾以中傷青年作者的豪興也！」

4 語見韓愈詩《贈崔立之評事》：「可憐無益費精神，有似黃金擲虛牝。」

5 指高長虹。他在《狂飆》週刊第五期（一九二六年十一月七日）《一九二五北京出版界形勢指掌圖》中說：「魯迅去年不過四十五歲……，如自謂老人，是精神的墮落！」

6 盧南（一八二八—一八九二）法國作家。著有《耶穌傳》等。

魯迅年表

一八八一年

九月二十五日（農曆八月初三日）出生於浙江省紹興府會稽縣東昌坊口周家。取名樟壽，字豫山，後改名樹人，字豫才；一九一八年發表小說《狂人日記》時始用筆名「魯迅」。

一八八七年　六歲

入家塾，從叔祖玉田讀書。

一八九二年　十一歲

入三味書屋私塾，從壽鏡吾先生讀書。

一八九三年　十二歲

秋，祖父周介孚因科場案入獄。魯迅被送往外婆家暫住，接觸了一些農民生活，與農民的孩子建立了純真的感情。

一八九四年　十三歲

春，回家，仍就讀於三味書屋。

冬，父周伯宜病重。為求醫買藥，常出入於當鋪、藥店。

一八九六年　十五歲

十月，父周伯宜病故，終年三十七歲。

一八九八年　十七歲

五月，往南京考入江南水師學堂求學。

十月，因不滿水師學堂的腐敗、守舊，改考入江南礦路學堂（全稱為「江南陸師學堂附設礦務鐵路學堂」）。魯迅這時受了康梁維新的影響，又讀到了《天演論》等譯著，開始接受進化論與民主思想。

一九〇一年　二十歲

繼續在礦路學堂求學。十一月，到青龍山煤礦實習。

一九〇二年　二十一歲

一月，從礦路學堂畢業。

四月，由江南督練公所派往日本留學，入東京弘文書院學習日語。

十一月，與許壽裳、陶成章等百餘人在東京組成浙江同鄉會，決定出版《浙江潮》月刊。課餘積極參加當時愛國志士的反清革命活動。

一九〇三年　二十二歲

三月，剪去髮辮，攝「斷髮照」，並題七絕詩〈靈台無計逃神矢〉一首於照片背後贈許壽裳。

六月，在《浙江潮》第五期發表〈斯巴達之魂〉與譯文〈哀聖〉（法國雨果的隨筆）。

十月，在《浙江潮》第八期發表〈說鍚〉與〈中國地質論〉。所譯法國凡爾納的科學小說《月界旅行》由東京進化社出版。

十二月，所譯凡爾納科學小說《地底旅行》第一、二回在《浙江潮》第十期發表，該書的全譯本後於一九〇六年由南京城新書局出版。

一九〇四年　二十三歲

四月，在弘文書院結業。

九月，入仙台醫學專門學校求學。魯迅後來在講到自己學醫的動機時說：「我的夢很美滿，預備卒業回來，救治像我父親般被誤的病人的疾苦，戰爭時候便去當軍醫，一面又促進了國人對於維新的信仰。」（《吶喊・自序》）

一九〇六年　二十五歲

一月，在看一部反映日俄戰爭的幻燈片時深受刺激：一個體格健壯的中國人被日軍指為俄探，砍頭示眾，而被殺者與圍觀的中國人卻都神情麻木，魯迅由此而感到要拯救中國，「醫學並非一件緊要事」，更重要的是「改變他們的精神」，於是決定棄醫從文，用文藝來改變國民精神。

三月，從仙台醫學專門學校退學，到東京開始從事文藝活動。

夏秋間，奉母命回紹興與山陰縣朱安女士完婚。婚後即返東京。

一九〇七年　二十六歲

夏，與許壽裳等籌辦文藝雜誌《新生》，未實現。

冬，作〈人之歷史〉、〈科學史教篇〉、〈文化偏至論〉、〈摩羅詩力說〉，都發表在河南留學生主辦的《河南》月刊上。

一九〇八年　二十七歲

加入反清秘密革命團體光復會（一說一九〇四年）。

繼續為《河南》月刊撰稿，著《破惡聲論》（未完），翻譯匈牙利籁息的《裴象飛詩論》。

夏，與許壽裳、錢玄同、周作人等請章太炎在民報社講解《說文解字》。

一九〇九年　二十八歲

三月，與周作人合譯《域外小說集》第一冊出版；七月，出版第二冊。

八月，結束日本留學生活，回國，任杭州浙江兩級師範學堂生理學、化學教員。

一九一〇年　二十九歲

九月，改任紹興府中學堂生物學教員及監學。授課之餘，開始輯錄唐以前的小說佚文（後彙成《古小說鉤沉》）及有關會稽的史地佚文（後彙成《會稽郡故書雜集》）。

一九一一年　三十歲

十月，辛亥革命爆發；十一月，杭州光復。為迎接紹興光復，魯迅曾率領學生武裝演說隊上街宣傳革命，散發傳單。紹興光復後，以王金發為首的紹興軍公政府委任魯迅為浙江山會初級師範學堂監督。

文言短篇小說《懷舊》作於本年。

一九一二年　三十一歲

一月三日，在《越鐸日報》創刊號上發表〈《越鐸》出世辭〉。

二月，辭去山會初級師範學堂監督職，應教育總長蔡元培邀請，到南京任教育部部員。

五月，隨臨時政府遷往北京，任教育部僉事與社會教育司第一科科長。

一九一三年　三十二歲

二月，發表《擬播布美術意見書》。

六月下旬，回紹興省母，八月上旬返京。

十月，校錄《稽康集》，並作〈稽康集·跋〉。

一九一四年　三十三歲

四月起，開始研究佛學。

十一月，輯《會稽故書雜集》成，並作序文。

一九一五年　三十四歲

九月一日，被教育部任命為通俗教育研究會小說股主任。

本年開始在公餘搜集、研究金石拓本，尤側重漢代、六朝的繪畫藝術。

一九一六年　三十五歲

公餘繼續研究金石拓本。

十二月，母六十壽，回紹興。次年一月回北京。

一九一七年　三十六歲

七月三日，因張勳復辟，憤而離職；亂平後，十六日回教育部工作。

一九一八年　三十七歲

四月二日，〈狂人日記〉寫成，這是我國新文學中的第一篇白話小說，發表於五月號《新青年》，始用「魯迅」的筆名。

七月二十日，作論文〈我之節烈觀〉，抨擊封建禮教，發表於八月出版的《新青年》。

九月開始，在《新青年》「隨感錄」欄陸續發表雜感。

冬，作小說《孔乙己》。

一九一九年　三十八歲

四月二十五日，作小說《藥》。

六月末或七月初，作小說《明天》。

八月十二日，在北京《國民公報》「寸鐵」欄用筆名「黃棘」發表短評四則。

八月十九日至九月九日，在《國民公報》「新文藝」欄以「神飛」為筆名，陸續發表總題為〈自言自語〉的散文詩七篇。

十月，作論文〈我們現在怎樣做父親〉。

十二月一日至二十九日，返紹興遷家，接母親、朱安和三弟建人至北京。

十二月一日，發表小說《一件小事》。

一九二〇年　三十九歲

八月五日，作小說《風波》。

八月十日，譯尼采《查拉圖斯特拉的序言》畢，發表於九月出版的《新潮》第二卷第五期。

本年秋開始兼任北京大學、北京高等師範學校講師。

一九二一年　四十歲

一月，作小說《故鄉》。

二、三月，重校《稽康集》。

十二月四日，所作小說《阿Q正傳》在北京《晨報副刊》開始連載，至次年二月二日載畢。

一九二二年　四十一歲

二月，發表雜文〈估《學衡》〉，再校《稽康集》。

五月，譯成愛羅先珂的童話劇《桃色的雲》，次年由上海商務印書館出版；與周建人、周作人合譯的《現代小說譯叢》，由上海商務印書館出版。

六月，作小說《白光》、《端午節》。

十一月，作歷史小說《不周山》（後改名《補天》）。

十二月，編成小說集《吶喊》，並作〈自序〉，次年由北京新潮社出版。

一九二三年　四十二歲

六月，與周作人合譯的《現代日本小說集》由上海商務印書館出版。

七月，與周作人關係破裂；八月二日租屋另住。

九月十七日開始，在北京世界語專門學校講授中國小說史，至一九二五年三月結束。

十二月，《中國小說史略》上冊由北京新潮社出版。

十二月二十六日，在北京女子師範大學講演，題為〈娜拉走後怎樣〉。

本年秋季起，除在北大、北師大兼任講師外，又兼任北京女子高等師範學校講師。

一九二四年　四十三歲

一月十七日，在北京師範大學作題為〈未有天才之前〉的講演。

二月作小說《祝福》、《在酒樓上》、《幸福的家庭》。

三月，作小說《肥皂》。

六月，《中國小說史略》下冊由北京新潮社出版。該書次年九月合成一冊由北京北新書局出版。

七月，應西北大學與陝西教育廳之邀，赴西安講學，講題為〈中國小說的歷史的變遷〉。

八月十二日返京。

九月開始寫〈秋夜〉等散文詩，後結集為散文詩集《野草》。

十月，譯畢日本廚川白村的《苦悶的象徵》。本年十二月由北京新潮社出版。

十一月十七日，《語絲》周刊創刊，魯迅為發起人與主要撰稿人之一。創刊號上刊出魯迅的雜文《論雷峰塔的倒掉》。

一九二五年　四十四歲

從一月十五日起，以〈忽然想到〉為總題，陸續作雜文十一篇，至六月十八日畢。

二月二十八日，作小說《長明燈》。

三月十八日，作小說《示眾》。

三月二十一日，作散文〈戰士與蒼蠅〉，對誣蔑孫中山先生的無恥之徒作了猛烈的抨擊。魯迅後來在《集外集拾遺·這是這麼一個意思》中談到這篇散文時說：「所謂戰士者，是指中山先生和民國元年前後殉國而反受奴才們譏笑糟蹋的先烈；蒼蠅則當然是指奴才們。」

五月一日，作小說《高老夫子》。

五月十二日，出席北京女子師範大學學生自治會召開的師生聯席會議，支持學生反對封建家長式統治的正義鬥爭。

八月十四日，被段祺瑞政府教育總長章士釗非法免除教育部僉事職。八月二十二日，魯迅向平政院投交控告章士釗的訴狀。次年一月十七日，魯迅勝訴，原免職之處分撤銷。

十月，作小說《孤獨者》、《傷逝》。

十一月，作小說《弟兄》、《離婚》。

十一月三日，編定一九二四年以前所作之雜文，書名《熱風》，本月由北京北新書局出版。

十二月，所譯日本廚川白村的文藝論集《出了象牙之塔》由北京未名社出版。

十二月二十九日，作論文〈論「費厄潑賴」應該緩行〉。

十二月三十一日，編定雜文集《華蓋集》，並作〈題記〉，次年六月由北京北新書局出版。

一九二六年　四十五歲

二月二十一日，開始寫作回憶散文〈狗．貓．鼠〉等，後結集為回憶散文集《朝花夕拾》，一九二八年九月由北京未名社出版。

三月十日，作《孫中山先生逝世後一周年》，頌揚孫中山先生的革命精神。

三月十八日，段祺瑞政府槍殺愛國請願學生的「三一八慘案」發生。為聲援愛國學生，揭露軍閥政府的暴行，魯迅陸續寫作了〈無花的薔薇之二〉、〈死地〉、〈紀念劉和珍君〉等雜文、散文多篇。因遭北洋軍閥政府通緝，曾被迫離寓至山本醫院、德國醫院等處避難十餘日。

八月一日，編《小說舊聞鈔》，作序言，當月由北京北新書局出版。

八月二十六日，應廈門大學邀請，赴任該校國文系教授兼國學研究院教授，啟程離北京。許廣平同車離京，赴廣州。
八月，小說集《徬徨》由北京北新書局出版。
九月四日，抵廈門大學。
十月十四日，編定雜文集《華蓋集續編》，並作〈小引〉，次年由北京北新書局出版。
十月三十日，編定論文與雜文合集《墳》，並作〈題記〉，次年三月由北京未名社出版。
十二月，因不滿於廈門大學的腐敗，決定接受中山大學的聘請，辭去廈門大學的職務。
十二月三十日，作歷史小說《奔月》。

一九二七年　四十六歲

一月十六日離廈門，十九日到廣州中山大學，出任該校文學系主任兼教務主任。
二月十八日，應邀赴香港講演，講題為〈無聲的中國〉和〈老調子已經唱完〉，二十日回廣州。
四月八日，在黃埔軍官學校講演，題為〈革命時代的文學〉。
四月十五日，為營救被捕的進步學生，參加中山大學系主任會議，無效，於二十九日提出辭職。
四月二十六日，編散文詩集《野草》成，作〈題辭〉。七月，該書由北京北新書局出版。

七月二十三日，應邀在廣州暑期學術講演會上發表題為〈魏晉風度及文章與藥及酒之關係〉的講演。

八月二十二日至二十四日，編《唐宋傳奇集》成，由北京北新書局在本年十二月及次年二月分上下冊出版。

九月二十七日，偕許廣平乘輪船離廣州，十月三日抵達上海，十月八日開始同居生活。

十二月十七日，《語絲》周刊被奉系軍閥封閉，由北京移至上海繼續出版，魯迅任主編，次年十一月辭去主編職。

十二月二十一日，應邀在上海暨南大學演講，題為〈文藝與政治的歧途〉。

一九二八年　四十七歲

二月十一日，譯日本板垣鷹穗的《近代美術思潮論》畢，次年由上海北新書局出版。

二月二十三日，作文藝評論《「醉眼」中的朦朧》。

四月三日，譯日本鶴見佑輔隨筆集《思想．山水．人物》畢，次年五月由上海北新書局出版。

六月二十日，與郁達夫合編的《奔流》月刊創刊。

十月，雜文集《而已集》由上海北新書局出版。

一九二九年　四十八歲

二月十四日，譯日本片上伸的論文《現代新興文學的諸問題》畢，並作〈小引〉，本年四月由上海大江書鋪出版。

四月二十二日，譯蘇聯盧那察爾斯基的論文集《藝術論》畢，並作〈小引〉，本年六月由上海大江書鋪出版。

四月二十六日，作〈《近代世界短篇小說集》小引〉。該書由魯迅、柔石等編譯，分兩冊，先後於本年四月、九月由上海朝花社出版。

五月十三日，離上海北上探親，十五日抵北平。在北平期間，先後應燕京大學、北京大學第二院、北平大學第二師範學院等院校之邀講演。六月三日啟程南返，五日抵滬。

八月十六日，譯蘇聯盧那察爾斯基的論文集《文藝與批評》畢，本年十月由上海水沫書店出版。

九月二十七日，子海嬰出生。

十二月四日，應上海暨南大學之邀，前往講演，題為〈離騷與反離騷〉。

一九三〇年　四十九歲

一月一日，《萌芽月刊》創刊，魯迅為主編人之一。

二月八日，《文藝研究》創刊，魯迅主編，並作〈《文藝研究》例言〉。這個刊物僅出一期。

二月至三月間，先後在中華藝術大學、大夏大學、中國公學分院作演講，共四次，題目分別為〈繪畫漫論〉、〈美術上的現實主義問題〉、〈象牙塔與蝸牛廬〉和〈美的認識〉。

三月二日，中國左翼作家聯盟（簡稱「左聯」）成立，在成立大會上發表〈對於左翼作家聯盟的意見〉的演講，並被選為執行委員。

三月十九日，得知被政府通緝的消息，離寓暫避，至四月十九日。

五月八日，譯完蘇聯普列漢諾夫《藝術論》，並為之作序，本年七月由上海光華書局出版。

八月三十日，譯蘇聯阿．雅各武萊夫小說《十月》成，並作後記，一九三三年二月由上海神州國光社出版。

九月二十五日為魯迅五十壽辰（虛歲）。文藝界人士十七日舉行慶祝會，魯迅出席。

九月二十七日，編德國版畫家梅斐爾德的《士敏土之圖》畫集成，並為之作序。次年二月以三閒書屋名義自費印行。

十一月二十五日，修訂《中國小說史略》畢，並作〈題記〉。修訂本次年七月由上海北新書局出版。

十二月二十六日，譯成蘇聯法捷耶夫的小說《毀滅》，次年九月由上海大江書鋪出版，十月以三閒書屋名義再版。

一九三一年　五十歲

一月二十日，因「左聯」五位青年作家被捕而離寓暫避，二十八日回寓。五位青年作家遇難後，魯迅在「左聯」內部刊物上撰文，並為美國《新群眾》雜誌作〈黑暗中國的文藝界的現狀〉。

四月一日，校閱孫用譯匈牙利裴多菲的長詩〈勇敢的約翰〉畢，並為之作〈校後記〉。

七月二十日，校閱李蘭譯美國馬克・吐溫的小說《夏娃日記》畢，並於九月二十七日為之作〈小引〉。

九月二十一日，就「九一八」事變，發表《答文藝新聞社問》，揭露日本帝國主義的侵略野心。

十二月二十七日，作文藝評論《答北斗雜誌社問》。

一九三二年　五十一歲

一月三十日，因「一二八」戰事，寓所受戰火威脅而離寓暫避，三月十九日返寓。

二月三日，與茅盾、郁達夫等共同簽署《上海文化界告全世界書》，抗議日本帝國主義的侵華暴行。

四月二十四日，雜文集《三閒集》編成，並作序，本年九月由上海北新書局出版。

四月二十六日，雜文集《二心集》編成，並作序，本年十月由上海合眾書店出版。

九月，編集與曹靖華等合譯的蘇聯短篇小說兩冊，一冊名《豎琴》，另一冊名《一天的工作》，各作〈前記〉與〈後記〉，二書均於一九三三年由上海良友圖書公司出版。一九三六年再版時合為一冊，改名為《蘇聯作家二十人集》。

十月十日，作文藝評論《論「第三種人」》。

十月二十五日，作文藝評論《為「連環圖畫」辯護》。

十一月九日，因母病北上探親，十三日抵北平。在北平期間，先後應北京大學第二院、輔仁大學、女子文理學院、北京師範大學與中國大學之邀前往講演，講題分別為〈幫忙文學與幫閒文學〉、〈今春的兩種感想〉、〈革命文學與遵命文學〉、〈再論「第三種人」〉和〈文力與武力〉。三十日返抵上海。

十二月十四日，作《〈自選集〉自序》。《魯迅自選集》於次年三月由上海天馬書店出版。

十二月十六日，編定《兩地書》（魯迅與許廣平的通信集）並作序，次年四月由上海北新書局以「青光書局」名義出版。

十二月，與柳亞子等聯名發表《中國著作家為中蘇復交致蘇聯電》。

一九三三年　五十二歲

一月六日，出席中國民權保障同盟臨時執行委員會會議，被推舉為上海分會執行委員。

二月七、八日，作散文〈為了忘卻的紀念〉。

二月十七日，在宋慶齡寓所參加歡迎英國作家蕭伯納的午餐會。
三月二十二日，作〈英譯本《短篇小說選集》自序〉。
五月十三日，與宋慶齡、楊杏佛等赴上海德國領事館，遞交《為德國法西斯壓迫民權摧殘文化的抗議書》。
五月十六日，作雜文〈天上地下〉。
六月二十六日，作雜文〈華德保粹優劣論〉。
六月二十八日，作雜文〈華德焚書異同論〉。
七月十九日，雜文集《偽自由書》編定，作〈前記〉，三十日作〈後記〉，本年十月由上海北新書局以「青光書局」名義出版。
七月七日，與美國黑人詩人休斯會晤。
八月二十七日，作文藝評論《小品文的危機》。
九月三日，世界反對帝國主義戰爭委員會在上海召開遠東會議，魯迅被推選為主席團名譽主席，但未能出席會議。
十二月二十五日，為葛琴的小說集《總退卻》作序。
十二月三十一日，雜文集《南腔北調集》編定，並作〈題記〉，次年三月由上海聯華書局以「同文書局」名義出版。

一九三四年　五十三歲

一月二十日，為所編蘇聯版畫集《引玉集》作〈後記〉，本年三月以「三閒書屋」名義自費印行。

三月十日，編定雜文集《準風月談》作〈前記〉，十月二十七日作〈後記〉，本年十二月由上海聯華書局以「興中書局」名義出版。

三月二十三日，作《答國際文學社問》。

五月二日，作文藝評論《論「舊形式的採用」》。

六月四日，作雜文〈拾來主義〉。

七月十八日，編定中國木刻選集《木刻紀程》並作〈小引〉，本年八月由鐵木藝術社印行。

八月一日，作散文〈憶劉半農君〉。

八月九日，編《譯文》月刊創刊號，任第一至第三期主編，並作〈《譯文》創刊前記〉。

八月十七至二十日，作論文〈門外文談〉。

八月，作歷史小說《非攻》。

十一月二十一日，為英文月刊作雜文〈中國文壇上的鬼魅〉。

十二月二十日，編定《集外集》，作序言。本書次年五月由群眾圖書公司出版。

一九三五年　五十四歲

一月一日至十二日，譯成蘇聯班台萊夫的兒童小說《錶》，本年七月由上海生活書店出版。

二月十五日，著手翻譯俄國果戈里的小說《死魂靈》第一部，十月六日譯畢，本年十一月由上海文化生活出版社出版。

二月二十日，《中國新文學大系・小說二集》編選畢，並為之作序。本年七月由上海良友圖書印刷公司出版。

三月二十八日，作〈田軍作《八月的鄉村》序〉。

四月二十九日，為日本改造社用日文寫《在現代中國的孔夫子》。

六月十日起陸續作以〈題未定草〉為總題的雜文，至十二月十九日止，共八篇。

八月八日，為所譯高爾基《俄羅斯的童話》作〈小引〉，該書十月由上海文化出版社出版。

十一月十四日，作〈蕭紅作《生死場》序〉。

十一月二十九日，作歷史小說《理水》畢。

十二月二日，作文藝評論《雜談小品文》。

十二月，作歷史小說《采薇》、《出關》、《起死》；與前作《補天》、《奔月》、《鑄劍》、《理水》、《非攻》一起彙編成《故事新編》，本月二十六日作序，次年一月由上海文化生活出版社出版。

十二月三十日，作《且介亭雜文》序及附記，十二月三十一日，作《且介亭雜文二集》序及後記；本月還曾著手編《集外集拾遺》，因病中止。

一九三六年　五十五歲

一月二十八日，《凱綏・珂勒惠支版畫選集》編定，並作〈序目〉，本年五月自費以三閒書屋名義印行。

二月二十三日，為日本改造社用日文寫《我要騙人》。

三月二日，肺病轉重，量體重，僅三十七公斤。

三月下旬，扶病作《海上述林》上卷序言〉，四月底，作〈《海上迷林》下卷序言〉。該書署「諸夏懷霜社教印」，上卷於本年五月出版，下卷於本年十月出版。

四月十六日，作雜文《三月的租界》。

六月九日，作《答托洛斯基派的信》。

八月三日至五日，作《答徐懋庸並關於抗日統一戰線問題》。

九月五日，作散文〈死〉。

十月八日，往青年會參觀第二次全國木刻流動展覽會，並與青年木刻藝術家座談。

十月九日，作散文〈關於太炎先生二三事〉。

十月十七日，執筆寫作一生中最後的一篇作品《因太炎先生而想起的二三事》，未完篇輟筆。

十月十九日晨三時半，病勢劇變，延至五時二十五分病逝於上海。

魯迅雜文精選：6

三閒集【經典新版】

作者：魯迅
發行人：陳曉林
出版所：風雲時代出版股份有限公司
地址：10576台北市民生東路五段178號7樓之3
電話：(02) 2756-0949
傳真：(02) 2765-3799
執行主編：朱墨菲
美術設計：吳宗潔
行銷企劃：林安莉
業務總監：張瑋鳳

初版日期：2021年10月
ISBN：978-986-352-986-6

風雲書網：http://www.eastbooks.com.tw
官方部落格：http://eastbooks.pixnet.net/blog
Facebook：http://www.facebook.com/h7560949
E-mail：h7560949@ms15.hinet.net
劃撥帳號：12043291
戶名：風雲時代出版股份有限公司

風雲發行所：33373桃園市龜山區公西村2鄰復興街304巷96號
電話：(03) 318-1378
傳真：(03) 318-1378
法律顧問：永然法律事務所 李永然律師
北辰著作權事務所 蕭雄淋律師

行政院新聞局局版台業字第3595號 營利事業統一編號22759935

定價：240元

國家圖書館出版品預行編目資料

三閒集 / 魯迅著. -- 初版. -- 臺北市：風雲時代出版股份有限公司, 2021.04
面；　公分. -- (魯迅雜文精選 ; 6)

ISBN 978-986-352-986-6 (平裝)

855　　　　110001014